टका सेर आज़ादी

टका सेर आज़ादी

योगेन्द्र शर्मा

भारतीय ज्ञानपीठ

लोकोदय ग्रन्थमाला : ग्रन्थांक 1508

ISBN : 978-93-90659-97-5

टका सेर आज़ादी

(कहानी-संग्रह)

योगेन्द्र शर्मा

TAKA SHER AZADI

(Collection of Stories)

by Yogendra Sharma

मुद्रक : सिटी प्रेस, दिल्ली-110 095 में मुद्रित

Published by

Bharatiya Jnanpith

21-A, Daryaganj, New Delhi-110002

Ph. : +91 11 23273167, 23275710

e-mail : vaniprakashan@gmail.com

sales@vaniprakashan.in

website : www.vaniprakashan.com

First Edition : 2026

Price : Rs. 350

उन उपेक्षित रचनाधर्मियों के नाम,
जिन्हें
'साहित्यिक गुटबाजी' के चलते,
किसी न किसी बहाने से
हाशिये पर डाल दिया गया,
और
वह गुमनामी की चादर ओढ़े
संसार से विदा हो गये।

अपनी बात

प्राय: एक मनुष्य की, साठ वर्ष की आयु में, बीस वर्ष सोते हुए बीत जाते हैं, बीस वर्ष शौच, स्नान, भोजन आदि दैनिक कार्यों, व रोजी-रोटी की भेंट चढ़ जाते हैं। सम्भवत: दस वर्ष गपबाजी, व टाइम-पास हरकतों के नाम कर दीजिए। केवल और केवल दस वर्ष (लगभग) बचते हैं, कुछ सार्थक करने को। आयु के पहले तीस वर्ष मैं आवारा बादल था, अति-भावुक अर्थात, शेखचिल्ली की तरह सोचना, और कर्म के नाम 'निल-बटे-सन्नाटा' वाली मानसिकता वाला था। और मैंने जज्बात निभाए थे, उसूलों की जगह।

जीवन के इकत्तीसवें वर्ष में अकस्मात्, अहसास हुआ कि क्या अभी तक का जीवन व्यर्थ गया? 'सरिता' की एक कहानी पढ़कर ऐसा लगा, कि ऐसी कहानी तो मैं भी लिख सकता हूँ। पहली कहानी, 'उस पार' लिखी गयी, जिसने विभागीय पत्रिका में स्थान पाया, और मुझे 275 रुपए का पारिश्रमिक भी मिला। उससे पहले कविताएँ लिखी गयी थीं, परन्तु इधर-उधर भटक कर, रद्दी-गति को प्राप्त हुई। अमरूद के पेड़ पर बैठा तोता, जैसे कई फल कुतर डालता है, वैसे ही साहित्य की हर विधा में धमाल मचाने का प्रयास किया। अर्थात मैं, जैक आफ आलट्रेड्स, मास्टर आफ नन। वैसे, मूलत: मैं स्वयं को कहानीकार ही पाता हूँ।,

अब कुछ इस संग्रह की कहानियों के विषय में। यह सभी कहानियाँ मेरी भारतीय खाद्य निगम से सेवानिवृत्ति के बाद, अर्थात् जिन्दगी की 'दूसरी पारी' की है। जहाँ कार्य होता है, वहाँ कारण भी होता है। कभी हमें कोई पात्र प्रेरित करता है, कि उस पर कहानी लिखी जाए। 'एक है मुन्नी', 'मिलए ईशा पाठक से', 'हारा हुआ सिपाही, उर्फ अभिमन्यु सिंह', 'काले की शादी', 'तिवारी जी की बड़ी बिटिया', बड़े भइया उर्फ सेन्टीमेंटल फूल' कहानियाँ इसी श्रेणी की हैं। कभी कोई घटना विशेष हमें प्रेरित करती है, कि उस पर हम अपना दृष्टिकोण प्रकट करें। 31 अक्टूबर, सन् 84 की रात, जब एक 'बड़ा पेड़' गिरा था, और धरती हिल गयी थी, मैं अपनी दीदी के साथ दिल्ली स्टेशन पर था। उस त्रासद, लोमहर्षक अनुभव ने

मुझसे, 'वो फिर आएँगे?' लिखवा दी। दो बेटियों का बाप हूँ, निर्भया कांड ने मुझे व्यथित किया, फलतः 'अहिल्या की वापसी' का जन्म हुआ। राजधानी दिल्ली में, हमारी नाक के नीचे से ही जब, भारतीय विद्यार्थियों के गलों से, 'भारत तेरे टुकड़े होंगे, इंशा अल्लाह' तैसे नारे निकले, तो मन घृणा और आक्रोश से भर गया। फलस्वरूप कहानी 'टका सेर आज़ादी' पैदा हुई। मैंने अपने समय की तुलना अपने पिता के समय से की, तो 'बौनों के देश में' लिखी गयी। छोटे बच्चों के साथ कार्टून फिल्म देखने का अपना एक अलग आनन्द है। एक दिन बेटियों के साथ 'टाम एंड जेरी' की फिल्म देख रहा था। निर्बल की लड़ाई बलवान से थी, फलतः 'टाम एंड जेरी कथा' का विचार बना।

साहित्य की एक परिभाषा, आजीवन मुझे याद है और रहेगी, कि हित की भावना जिसमें हो, वही साहित्य है। मैंने अपने सामाजिक सरोकार कभी नहीं छोड़े, न छोड़ूँगा। रचनाएँ, मानस पुत्रियाँ होती हैं, अस्तु रचनाकार को तो सभी प्रिय व श्रेष्ठ लगती हैं, बात तब है कि पाठकों, समीक्षकों, सम्पादकों को भाएँ।

तो मेहरबान, कदरदान, पेश है खाकसार का चौथा कहानी-संग्रह—'टका सेर आज़ादी'।

शुभकामनाएँ।

सादर।

योगेन्द्र शर्मा
3/29 सी लक्ष्मीबाई मार्ग,
रामघाट रोड, अलीगढ़
मो. 09897410320, 7017206371

अनुक्रम

एक है मुन्नी

अक्टूबर का महीना है, सुबह के पौने छह बजे हैं। सूरज नाम का एक लड़का, अपना उजला चेहरा काली कमली से निकाल ही रहा है। थोड़ी देर में जब पूरब से पश्चिम के सफर को निकलेगा, तो कुछ शर्माता सा मई-जून जैसा तमतमाया नहीं दिखेगा। पार्क के उस छोटे से उपवन में छोटी-बड़ी चिड़िया माँ, अपने नन्हे-मुन्नों के लिए दाने ले-लेकर आ रही हैं, और वह 'चीं-चीं' का शोर करते, पंख फड़फड़ाते हुए उन्हें खा रहे हैं।

नसीबन बी, उर्फ मुन्नी बेगम ने अपने झोले से गिलहरियों वाली रोटी निकाल ली है। रोटी के छोटे-छोटे टुकड़े कर, वह उन्हें बुला रही है, "आ...आ सोनू...आ मोनू...पिंकी।" एक काले रंग का देशी कुत्ता दुम हिलाता आ गया है। गिलहरियों में भगदड़ मच गयी है। "हट...कालू...अभी हट, यहाँ से। तुम लोग बीच में घुस कर, इनकी भी रोटी खा जाते हो। हट अभी...।" गिलहरियों वाली रोटी खत्म होने पर, वह बाकी तीनों रोटियाँ निकाल लेती है, "आ जा...कालू...लालू...मोती...।" चार-पाँच कुत्ते दुम हिलाते आ जाते हैं, और रोटियाँ ठिकाने लग जाती हैं। एक और थैले में मिनरल वाटर की पाँच बोतलें हैं, जो पास वाले बस स्टैंड से वह बीन लाई है, समझिए, इन्हें बेच कर पाँच का नोट सीधा कर लेंगी। ये है, मुन्नी बेगम, कद 5 फुट 2 इंच, सुगठित दोहरी देह, गेहुँआ रंग, साधारण रूप-रंग, कुछ कर्कश मर्दानी सी आवाज वाली हैं, जो नगर पालिका के गाँधी पार्क के अन्दर वाले गोल चक्कर की 6'×3' की जगह पत्तियों की झाड़ू से साफ कर, अपना नीला मोमजामा बिछा चुकी है।

मुन्नी बेगम, पहले वार्म'अप कसरतें कर, सूर्य नमस्कार कर रही हैं। फिर वह, अर्धचक्रासन, योगमुद्रा, वज्रासन, अर्धमत्येन्द्र आसन, कुककुट आसन, ताड़ासन, सर्पासन, भुजंगासन, घुनुरासन, मकरासन, पवनमुक्तसान व सर्वांगासन करेंगी, फिर पन्द्रह 2 मिनट कपाल-भाति व अनुलोम-विलोम प्राणायाम करेंगी। एक दिन वह गीतिका प्राणायाम करती हुई, 'आ...ओ...म' का दीर्घा उच्चारण कर रही थीं। तभी

दो छोटे लड़के आ गये थे। एक बोला, "आप कौन हो?" उन्होंने कहा, "मैं इनसान हूँ।" वह बोला "वो नहीं...कौन हो?" बोलीं, "औरत हूँ।" "अरे वो नहीं, हिन्दू हो कि मुसलमान?" बोलीं, "मुसलमान।" "तो फिर ये ओऽम क्यों कह रही हो?" बोलीं, "मैं तो योगा कर रही हूँ। बेटा, अल्ला, ओऽम और गाड, उस ऊपर वाले के तीन नाम हैं। उसे किसी नाम से पुकारो, आवाज उसी तक पहुँचती है। नासमझ इसे नहीं समझते।"

उंगली रखने से टेप चलने लगता है, वह आटोमेटेटिक टेप है, बिना पूछे हाले-दिल सुनाने की आदी। एक बासठ वर्षीय सज्जन अपनी पत्नी के साथ बैंच पर बैठे, योग कर रहे हैं। मुन्नी बेगम उनकी पत्नी से बात-चीत का सिलसिला शुरू कर देती हैं, "कहाँ की हो?" वगैरह...वगैरह। और फिर वह बताने लगी, जो आजकल योग करते समय, आस-पास जो भी हो, उसे जरूर बता कर मानती हैं। वह बता रही है, कि उन्हें थायराइड हो गया था, पेट में अल्सर भी हो गये थे। खाया-पीया बिलकुल नहीं पचता था। डॉक्टर चौधरी की सौ-सौ रुपये की दवाई ली, फायदा नहीं हुआ। फिर टी.वी. पर योगा देख कर, रोज सुबह योगा किया, थोड़ा फायदा हुआ। फिर हरिद्वार जाकर, बाबा के दवाखाने से दवाई लाई, उससे फायदा हुआ। एकदम परहेजी खाना खाती हूँ। लौकी, तोरई, मूँग की दाल वगैरह। एक बेटी है, सलमा, वह भी रोज योगा करती है। गर्ज ये, कि जो दिखते ही, बिनाय पूछे, हाले-दिल सुना दे, वही है, मुन्नी बेगम।

भारतीय महिलाएँ अपने स्वास्थ्य के प्रति प्रायः लापरवाह पाई जाती हैं, परन्तु मुन्नी बेगम न केवल रोज सुबह पार्क में योगा करती हैं, अपितु दूसरों को भी प्रेरित करती हैं। यही नहीं कोई उनकी नजर में गलत ढंग से योग कर रहा हो, तो उसे भी टोकने से बाज नहीं आतीं। जैसे अभी बैंच पर बैठे दम्पति को टोक दिया, "अरे, यह क्या कर रहे हो? कमर सीधी..., कमर सीधी होनी चाहिए।" दूसरी बार मुन्नी को लगा कि ये लोग भ्रामरी प्राणायाम भी सही प्रकार से नहीं कर रहे हैं। तो उसने फिर टोक दिया। उन सज्जन को बुरा भी लगा, वह मन-ही-मन बाले, "तूने तो योग अटकी पर किया, वो भी चार-पाँच साल से। मैं बीस साल से कर रहा हूँ। सच है, नया मुल्ला प्याज ज्यादा खाता है।" लेकिन मुन्नी ने उनकी चिढ़ी-सी भंगिमा पर ध्यान ही नहीं दिया, वह तो सदा अपनी धुन में जो रहती है।

आइए, सुनते हैं, मुन्नी की कहानी, जितनी मुझे याद है। आज से करीब पचास साल पहले, शहर में नील कमल टाकीज के बगल में एक बड़ी इमारत थी, जिसमें आठ रुपये महीने पर मुन्नी के नाना किराएदार थे। एक कमरा, बरामदा, रसोई, गुसलखाना, पाखाना। तीन एक रूम सेट आगे, तीन पीछे, पहले माले पर बिना आँगन वाले, उसी प्रकार छह सेट, दूसरे माले पर एक दो रूम सेट, मकान-

मालिक के लिए। मकान मालिक श्री माखन लाल गुप्ता, स्वतन्त्रता संग्रमा सेनानी, आर्य समाजी, जाति-पाँति न मानने वाले थे, इसीलिए उनके बारह किराएदार, हर रंग के थे। हिन्दुओं के मुहल्ले में अकेले मुसलमान थे, उसके नाना। नाना के तीन बेटियाँ थीं, कोई बेटा नहीं था। रेलवे में इंजन ड्राइवर थे। हरिद्वार पैसेंजर चलाते थे। एक दिन प्लेटफार्म पर चाय पी रहे थे, कि यकायक इंजन चल पड़ा। चाय छोड़कर दौड़े, पैर फिसल गया। सिर पर चोट आई। इंजन तो असिस्टेंट ने रोक लिया, लेकिन नाना ने प्लेटफार्म पर ही दम तोड़ दिया। नानी को रेलवे पेंशन मिलती थी।

अब्बू टेलरिंग का काम करते थे। ठीक-ठीक आमदनी हो जाती थी। पाँच-छह साल सब ठीक-ठाक चलता रहा। नानी की तरह माँ के पेट से कोई बेटा नहीं हुआ, तीन बेटियाँ हुईं। दादी पानी पी-पी कर माँ को कोसतीं। अब्बू रोज शराब में धुत्त होकर घर लौटते। अब्बू, माँ को कसूरवार मानते, नशे में बड़बड़ाते, ''इस कमबख्त-मारी का खानदान ही ऐसा है।'' उसकी माँ से नफरत बढ़ी चली गयी। किसी न किसी बहाने से रोज रात को थप्पड़-घूँसा-लात मिलते।

मुन्नी सबसे बड़ी थी, माँ को बचाते हुए उसे भी 'तर्बरूक' मिल जाता। दादी अलग कोसती। ''वारिस तो दे नहीं पाई, ये तीन-तीन डायनें हमारी छाती पर मूँग दलने को पैदा कर दीं।''

रमजान का महीना, आखिरी जुम्मा था, अब्बू ने भी रोजा रखा हुआ था। अब्बू के हाथ-पैरों पर सूजन रहने लगी थी, जिगर और गुर्दे पर असर था। आदतन इफ्तार के बाद अब्बू नशे में धुत्त लौटे थे। रात के तीन बजे करीब, उनके सीने में तेज दर्द हुआ, खूब पसीना आया। रिक्शे पर लाद कर अस्पताल पहुँचे, तो डॉक्टर ने जाँच कर के सिर हिला दिया, कि ये तो गये। उस समय, वह दस की थी, मुमताज आठ और जमीला चार की थी। कुछ अल्लाह वालों ने कहा, कि मियाँ नसीबों वाले थे रमजान के मुकद्दस महीने में, ईद मुबारक के एक दिन पहले इन्तकाल फर्मा गये। अम्मी ने कहा वो तो नसीबों वाले थे, मैं ही करमजली थी, जो इन बच्चियों के सिर से बाप का साया उठ गया।

अब्बू की मौत के बाद वह लोग नानी के घर आ गये थे। मुन्नी, उस समय चौथी जमात में थी। माँ ने कुछ दूर मुसलमानों के मुहल्ले के चार घरों का चौका-बर्तन का काम ले लिया था। मुन्नी ने भी पढ़ाई छोड़कर दो घरों को चौका-बर्तन का काम ले लिया था। नानी गठिया और दमे की मरीज, माँ के दुख ने उन्हें तोड़ दिया था। एक रात ऐसी सोयी कि सुबह उठी ही नहीं।

माँ ने दो घरों का काम सौंपते हुए, उसे एक बात गाँठ बाँधने को कही थी, ''मुन्नी, मेरी बेटी, अब तू जवान हो रही है। मरद की नजर पहचानना सीख ले। मरद आठ का हो या अस्सी का, आँख मूँद कर, उस पर एतबार मत कर लेना।

आँख, कान, नाक, सब खुले रखना। विष का वास होता है, विश्वास...याद रखियो।'' उसने बात गाँठ बाँध ली थी, जो उसके काम आती रही थी। मुमताज तीसरी में और जमीला पहली जमात में थी।

उसने जवानी की ओर कदम तो रखा था, लेकिन एक लड़ाई हालात से थी। एक सुलेमान सेठ थे, जिनकी साइकिलो की दुकान थी। उनके अब्बू रहमान मियाँ, उस दिन घर में अकेले तहमद पहले, चटाई पर बैठे, सरसों के तेल की मालिश कर रहे थे, जाड़े की दोपहरी में। उसे देखकर चहके थे, ''अरी मुन्नी, तू आ गयी घर वाले तो सब घूमने गये होंगे। मेरे पास बड़े मजेदार फोटुएँ हैंगे। ले, ये पचास का नोट, टाफी खाइयो। आ तुझे दिखाऊँ।''

मुन्नी समझ गयी, दाल में काला है। बुखार की वजह से पाँच दिन का नागा हो गया था, तो यही मियाँ पगार काटने को तैयार थे। आज वही पचास का नोट दिखा रहे हैं। मुन्नी फुर्ती से पीछे लौटी, ''दादू मुझे नहीं देखनी, नजमा को दिखा देना।'' उसने जानबूझ कर, अपनी हम उम्र, उनकी पोती का नाम लिया और भाग खड़ी हुई।

अब्बू टेलर मास्टर थे, उनकी एक सिलाई मशीन, अम्मी साथ ले आई थी। एक दिन उसने सोचा, ये तो उसका खानदानी हुनर है। अब्बू बीमार थे, तो उनकी थोड़ी-बहुत मदद करती थी। मशीन में तेल डाला, तो थोड़ी शर्माई फिर चल पड़ी। अम्मी की नाप लेकर ब्लाउज सिला, मुमताज का सलवार-सूट सिला, दोनों फिट बैठे, अल्लाह के फ़ज़ल से। ब्लाउज के बीस, सलवार सूट के तीस लेने शुरू कर दिए। चौका-बर्तन का काम नहीं छोड़ा था, इस काम में पैसा ज्यादा था, और इज्जत भी। अम्मी ने चौका-बर्तन का काम नहीं छोड़ा था। वह महसूस करती, जैसे बेटी नहीं, घर का बड़ा बेटा है। वह कभी-कभी माँ से कहती, ''हम लोगों में दूसरी शादी हो जाती है, तुम निकाह कर लाये ना माँ। हम तीन-तीन हैं, सौतेले बाप को भी देख लेंगे, और ये चौका-बर्तन छोड़ दो।'' लेकिन माँ हँस कर टाल देती, ''अरी पागल हुई है, क्या? इस बुढ़ापे में क्या शादी करूँगी? हाँ, तुम तीनों बहनों को रुखसत करके सुकून पाऊँगी। अब धेवता-धेवती खिलाने की उमर है, अल्लाह का नाम लेने, नमाज पढ़ने की उमर है।'' वो कहती, छोटी दोनों बहनों की शादी कर देना, वो न ही करने वाली।

एक दिन अम्मा कह रही थीं, कि आगरे के ताजमहल का बड़ा नाम सुना है। तेरे अब्बू जिन्दा होते, तो हम सब घूमने चलते। कुछ सोच कर उनकी आँखों में आँसू आ गये थे। ''अरी अम्मी, अब्बू नहीं हैं, तो क्या? मैं तो हूँ, तेरा मुन्ना बेटा। मैं घुमाऊँगा तुम्हें, आगरा, फिकर नाट।'' मुन्नी ने छाती ठोंक कर कहा था। उसकी पासबुक में तब तक बाइस सौ रुपये थे, उसने पन्द्रह सौ निकाले और सब लोग

आगरे को रवाना हो गये। पहले बिजनौर से मुरादाबाद की ट्रेन पकड़ी और वहाँ से चन्दौसी पहुँचे, गर्मी के दिन थे, रात प्लेटफार्म पर काट दी। वहाँ सुबह की ट्रेन ने रात नौ बजे आगरे पहुँचा दिया। एक रात और प्लेटफार्म पर काट कर, अगली सुबह ताजमहल पहुँचे। वहाँ गाइड पीछे पड़े, तो उसने साफ कह दिया, कि हमारे पास इन बातों के लिए पैसे नहीं हैं। एक गाइड को तरस आ गया, बोला, ये अँग्रेज मेरे साथ हैं, तुम भी साथ हो लो। वह पहले अँग्रेजी में बोलता, फिर हिन्दी में। सारा ताजमहल उसने घूम-घूम कर दिखाया, तहखाने में बादशाह और बेगम की कब्रें थीं। चारों ओर कुरानशरीफ की आयतें, बड़ी खूबसूरती से लिखी थीं। जोधाबाई का महल और उनका मन्दिर देखा।

हम लोग लॉन में बैठे, साथ लाई पूड़ियाँ, अचार के साथ खा रहे थे। तभी एक अँग्रेज मेम, मुमताज से बात करने लगी, काम चलाऊ हिन्दी में। वह तीनों बहनों में सबसे खूबसूरत और बातचीत में चटपटी थी। जब उसने बताया, कि उसका नाम मुमताज हे और वह ताजमहल देखने आई है, तो वह तो एकदम फिदा हो गयी। उसने हमारे कई फोटो खींच मारे, और दो फोटो हमें दे भी दिये। हमें चाकलेट भी खाने को दीं।

अँधेरा हो चला था। ताजमहल खाली करा दिया गया था। अम्मा चाहती थी, कि वहीं किसी पेड़ के नीचे रात काट दी जाए। एक ताँगे वाले ने कहा, ''ये आगरा है, तुम्हारे साथ कोई मर्द नहीं है। चलो तुम्हें एक महफूज जगह टिका दूँ।'' शरीफ आदमी था, हमें सौ रुपये दिन वाले होटल में टिका दिया। होटल मालिक, एक बड़े-बूढ़े मियाँ थे। जब मुमताज ने उन्हें बताया कि वह मुमताज है, और ताजमहल देखने आई है, तो वह खूब हँसे। दूसरे दिन हम बाजार गये, और वहाँ सबके लिए चप्पलें खरीदीं। किसी ने कहा कि यहाँ तक आए हो तो फतेहपुर सीकरी और देख आओ। बस वहाँ की ट्रेन में बैठ गये। वहाँ दीवाने-आम, दीवाने-खास देखा, शेख सलीम चिश्ती की दरगाह देखी। घूमते-घूमते पैर थक गये। लौटने में ट्रेन लेट हो गयी, लौटते-लौटते रात के बाहर बज गये। बड़े मियाँ नाराज हुए, बोले, कि उन्हें फिकर हो रही थी, अकेली औरत, साथ में तीन-तीन बच्चियाँ, जमाना खराब है। मुन्नी ने सीना तान कह दिया, ''बड़े मियाँ, फिकर नाट, मैं अपनी अम्मा का बेटा हूँ...बेटा। मेरे होते, मजाल है, कि कोई इन्हें टेढ़ी नजर से देखे।'' बड़े मियाँ हँसे ''अरे ठीक है, फतेहपुर सीकरी जाना था, तो बता कर जाते।''

लौटकर अम्मा ने सारे मुहल्ले को बताया, कि मुन्नी उसकी बेटी नहीं बेटा है, और मुझे आगरे घुमाकर लाई है। और ये देखो सबको चप्पलें भी दिलवाई हैं।

अम्मा ने बहुतेरा कहा, पहले बड़ी का निकाह, फिर छोटियों का। लेकिन वह अड़ गयी। पहले मुमताज का निकाह हुआ, आफताब मियाँ रिक्शा चलाते थे। दो

साल बाद जमालों का, शाहिद मियाँ फलों का ठेला लगाते थे। अम्माँ बार-बार कहती रहीं, कि छोटियों के निकाह पहले करने से लोग कहेंगे, कि जरूर बड़ी में कुछ खोट होगा। और मुन्नी कहती, कि पहले बड़ी को अपना फर्ज अदा कर लेने दो। खैर, अम्मा ने कसमें दिलायीं, कहा कि अब तक तूने अपनी मर्जी कर ली, अब मुझे अपने मन की कर लेने दे। तो मुन्नी का निकाह हुआ, बन्ने मियाँ बिजली की फिटिंग का काम करते थे। गोरे लम्बे, मुन्नी के मुकाबले, काफी खूबसूरत। सात साल पंख लगाकर उड़ गये, सब ठीक-ठाक चलता रहा। बन्ने मियाँ के बारे में पता किया गया था, कि वह शराब पीते हैं। लेकिन वह शराब पीने लगे थे, शायद बेटे की चाहत में। वह रोज नशे में धुत्त लौटते थे। पहले सलमा के साथ खेलते थे, उसे प्यार करते थे। लेकिन अब मुन्नी को देख कर बड़बड़ाते, "तुझसे शादी करके पछता रहा हूँ। साला खानदान ही मनहूस है, तेरा।" उसने समझाना चाहा तो बन्ने मियाँ ने उसकी धुनाई कर दी। दूसरी बार ऐसा हुआ तो उसने बन्ने की कलाई उमेठ दी। अब उन्होंने मुन्नी से उलझना छोड़ दिया, लेकिन सुबह से शुरू हो जाते। पता चला था, कि रंडियों वाली गली से जाने लगे थे। बन्ने मियाँ के हाथ-पैरों में सूजन रहने लगी थी। उसे विश्वास होने लगा था कि उसकी कहानी भी माँ जैसी होने वाली है। एक दिन बन्ने मियाँ के सीने में जानलेवा दर्द हुआ, और सब खत्म हो गया। मुन्नी जब बेवा हुई तो उसकी उम्र अठाइस वर्ष की थी, और दो साल की सलमा उसकी गोद में थी।

वह माँ के घर आ गयी थी। शराब, अब्बू की तरह, बन्ने मियाँ को भी पी गयी थी। लोगों ने कहा कि बेटी को नानी पाल लेगी, तू दूसरी शादी कर ले। सारी उम्र पड़ी है। अम्मा ने भी यही कहा। लेकिन उसे अपने पैरों पर खड़े होने की आदत थी। सिलाई मशीन में एक बार फिर तेल डाला, पहले लड़खड़ाई, फिर चल पड़ी। ब्लाउज के तीस रुपये, सूट सलवार के चालीस। चार साल की सलमा का दाखिला पहली क्लास में हो गया था। अम्मा उससे कहती, बेटी को मैं पाल लूँगी तू दूसरा निकाह कर ले, लेकिन वह कहती कि उसे खुद्दार होकर जीना है, अपनी बेटी को भी वैसा ही बनाना है। माँ भटकी तो बेटी भी भटकेगी ही। जिन्दगी इम्तहान लेती है।

मुन्नी की एक सहेली थी, गोरी चिट्टी, खूबसूरत, उसके साथ चौथी तक पढ़ी थी। नाम था, नादिरा। कहने को तो शादीशुदा थी, लेकिन, वह तो ढकने का साधन भर था। उससे मिली तो आँखें नचाते बोली, "देख मेरी जान, ये जवानी तो चार दिन की कहानी है। सूरत-शक्त तो तेरी खास है नहीं, लेकिन, अल्ला तौबा, ये तेरा जिस्म, जिस्म तो कोका कोला की बोतल हो रिया है—36-28-36। मैं तेरे को पाँच हजार एक नाइट का दिला सकती कमीशन काट के। चल मेरी जान मेरे संग...।" कहकर उसने मुन्नी की बायीं जाँघ पर एक धप्प मारी थी। मुन्नी ने उसका

हाथ हटाकर, मुस्कराते हुए कहा, ''तेरी जिन्दगी तुझे मुबारक, मुझे खुद्दारी से जीना है। अपनी बिटिया को माँ-बाप बन कर पालना है, बाकी अल्लाह की मर्जी।''

फिर एक और मुसीबत हाजिर थी। शहर में दंगे हो गये थे। जहाँ हिन्दू-मुस्लिम आबादी मिलती, 'हर-हर महादेव' और 'अल्ला हो अकबर' के नारे गूँजते। फायरिंग की आवाजें आतीं। रातें जगते हुए कट जातीं, और दिन ऊँघते हुए। रोज अपने-अपने मुहल्लों में स्कोर गिना जाता, इतने हिन्दू मरे, इतने मुसलमान। अच्छे खासे इनसान, अब हिन्दू-मुसलमान हो गये थे। पड़ोसन, शान्ति चाची बता गयी थी कि आज रात खतरा है। मुहल्ले की एक बड़ी इमारत, मकान मालिक हिन्दू किराएदार मुसलमान। रात के साढ़े ग्यारह बजे, लौंडों ने ताला तोड़कर, घर का बचा-खुचा सामान बाहर निकाल कर, उसमे आग लगा दी। मुन्नी दोपहर में, बिटिया, माँ, सिलाई मशील और एक गठरी के साथ निकल भागी थी। वह, माँ और सलमा ने गाँधी पार्क के किनारे बनी, चौकीदार वाली कोठरी में गुजारा किया। पार्क के चौकीदार अब्दुल मियाँ, जो अब्बू के दोस्त थे, ने मदद की। एक दिन बहुत जोरदार बारिश पड़ी, कोठरी में पानी भर आया। बरामदे में गुजारा करना पड़ा। वह और माँ अपने मकान गये थे। अब डर उतना नहीं रहा था। दंगों के बाद, नए मकान मालिक चौधरी साहब ने अपना ताला ठोंक दिया था। बहुतेरी खुशामद की लेकिन उन्होंने डाँट कर भगा दिया था। वह और माँ कई बार मकान मालिक को मनाने जाते, वह डाँट कर भगा देते। एक दिन अम्मा बद्दुआ दे आईं, ''अरे चौधरी, खुदा की लाठी बेआवाज होवे है। एक बेवा की हाय लेरिया है। तेरो बेड़ा गर्क होयगो, कमबखत मारे।'' पता चला दो दिन बाद, उसकी माँ बीमार थीं, चल बसीं। चौथे दिन ग्यारह साल का बेटा, ट्रैक्टर ट्राली से गन्ना खींच रहा था, ट्रक के नीचे आ गया। एक हफ्ते में खबर आ गयी, घर की चाबी लेकर चौधरी का नौकर लेकर आया था। लोगों ने दंगों में लाख-लाख रुपये मुआवजे की दरखास्त दी थी। उसने भी पचास हजार रुपये की अर्जी लगाई थी। पहले पुलिस आई थी, तो लोगों ने कह दिया कि यहाँ कोई घर नहीं जला। उसे पता चला, पड़ोसियों की खुशामद की। तहसीलदार साब की मैडम के ब्लाउज और सलवार सूट सिले। सामान की लिस्ट फिर देनी पड़ी। पुलिस की गाड़ी को पड़ोसियों ने सच बताया। मुआवजे के छह हजार मिले। कोई जैन साहब मकान मालिक हो गये थे। करीब दो साल बेघर रहने में चाँद-तारे दिखाई दे गये, किराया आठ से बीस-पचास फिर एक सौ बीस हो गया।

सलमा दस की हो चुकी थी, छठी में पढ़ रही थी। अम्मा ने फिर जिद पकड़ी। लड़की बड़ी हो गयी, अकेली औरत की जिन्दगी दोजख समझ ले। किसी

का हाथ थाम ले। दूर के मामूजाद भाई अनवार मियाँ, चालीस के पेटे में थे, थोड़े गंजे हो चले थे। पहली से एक लड़का, एक लड़की, दुबई में हैं, अम्मा ने बहुतेरा समझाया। उसे डर लगा रहा, सौतेला बाप न जाने कैसे पेश आए। शुरू में तो सभी चिकनी-चिपड़ी बातें करते हैं। दुबई में मजे में हैं, दारू भी पीते ही होंगे।

अब सलमा बी.ए. के आखिरी साल में है, ब्लाउज के सौ, डिजाइन वाले के डेढ़ सौ, सलवार सूट के भी सौ से डेढ़ सौ, सौ रुपये बुर्के के लेती है। इधर एक परेशानी और आ खड़ी है, जैन साहब के मकान खाली का नोटिस दे दिया है। लम्बे सड़क-लम्बी चाड़ी इमारत है, कोई ठेकेदार 'मौल' बनाएगा। मुकदमा चल रहा है, काशीराम आवास योजना में क्वार्टर के लिए बाबू से पूछा था, तो वह हँस दिया था, "खाली अर्जी लगाने से क्या क्वार्टर मिल जाएगा? उस पर कुछ 'वजन' भी तो हो।" तहसीलदार साहब की मैडम रहम दिल हैं, उनके ब्लाउज, और सलवार सूट वही सिलती है। देखो, अल्ला की मेहर होगी तो कुछ न कुछ हो ही जाएगा।

इधर सलमा के लिए लड़का देखने में लगी है। कोई शरीफज़ादा अल्ला करे, ऐसा मिल जाय, जो बिटिया के साथ उसे भी 'एडजेस्ट' कर ले, जो दारू न पीता हो। सौ रकात नकल (नमाज) तो बदायूँ वाली बड़ी सरकार पर बोल आई थी। या अल्लाह, ऐसा दामाद भेज, कि जिन्दगी सँवर जाए।

मिलिए ईशा पाठक से

04 दिसम्बर, 1977 को प्रातः 4:35 बजे, श्री राघवेन्द्र पाठक, व उनकी पत्नी सौ. कां. सुनन्दा पाठक को, एक कन्यारत्न की प्राप्ति हुई थीं। संयोगवश, उसकी दिन उनका विचवाह भी सम्पन्न हुआ था, तीन किलो से भी ज्यादा वजन वाली गोल-मटोल बच्ची, जो मुँह में अँगूठा दिए रहती। पंडीजी ने राम सुझाया-ईशा।

राघवेन्द्र उर्फ रघु की यह दूसरी पुत्री थी। पहली बिटिया, शुभा को तो स्वागत हुआ था, खूब लाड़-प्यार हुआ। वह नया कोडक कैमरा लाए थे, पैंतीस फोटो की रील, तो पहले जन्म दिन पर ही खींच दी थी। कुल मिलाकर शुभा का बचपन का एक भरा-पूरा एलबम था। जबकि ईशा की ले-दे कर, उस उम्र तक, तीन-चार फोटो ही थीं। मन में कहीं न कहीं आशा थी, कि अब की बार बेटा हो जाए, तो परिवार नियोजित हो जाएगा। सो शुरू में ईशा को लेकर थोड़ी निराशा रही। एक बार ईशा ने रघु को ताना भी दिया था, इस बात के लिए, और सिर झुका कर उन्होंने स्वीकार भी किया।

ईशा की दादी भी लड़के-लड़की का भेदभाव थोड़ा कम करती थीं, ''रघु बेटा, तू क्यों फिकर करता है। हर बच्चे का अपना भाग्य होता है। यह भी अपना भाग्य अपने साथ लाई है। याद रख, जवाहरलाल के एक बेटी थी। तेरे तो दो-दो हैं।'' और अगले दिन ही, उसी माह दिसम्बर में, उन्हें जीवन का पहला प्रमोशन मिला था। एकदम गोल-मटोल ईशा के गाल, गुस्से में और फूल जाते थे, और तब वह गाल फुलाती हुई कहती, ''दीदी, मैं आपसे नहीं बोलता।'' शुभा ने उसका नाम ही मोटू रख दिया था।

दो साल की थी, तो मरते-मरते बची। हरे-पीले दस्त लग गये। डॉक्टर की दवा देने के बावजूद उसके ओंठ टेढ़े हो गये थे, वह बेहोश हो चुकी थी। तभी उसे याद आया कि कहीं यह डिहाइड्रेशन तो नहीं। फौरन इलेक्ट्राल का घोल बनाकर, जैसे-तैसे मुँह में डाला, तब कहीं जाकर होश आया।

मुहल्ले की लच्छो मौसी ने तो कह दिया, ''नाही माने, आखिर अपनी डिग्री

बचाय लई।'' ''डिग्री हो या बिगड़ी, अब तो यही सब कुछ है।'' ''हाय राम, तो क्या बिना बेटा के रहोगे?'' मौसी ने आँख फाड़ कर उन्हें देखा था।

ईशा के फूले गाल देखकर, वह कहा करते, ''ईशा बच्चे के मोटे गाल। गाल में उछके लुई भरी। लुई भरी भई, एक किलो। ए मोटू, थोली लुई हमें भी दे दो।'' ओर ईशा दोनों गालों से रु ई निकल कर देने का अभिनय करतीं...तो सब हँसते। घर के ठीक सामने वाले घर में एक जैन परिवार था। दोनों बहनें उनके घर सुबह की गई, शाम को लौटतीं। वहाँ उन्हें 'णमोकार मन्त्र' याद हो गये थे। वहाँ ईशा को एक लोकगीत, 'चटनी से रोटी खाय लुंगी पर मोहे लिवा लै जाइयो...' सिखा दिया था। घर आकर ईशा ने 'तत्ती छे लोती खाय लूँगी...' गाकर जो नृत्य किया, तो सब मारे हँसी के लोट-पोट हो गये थे।

शुभा और ईशा दोनों बाल-सुलभ शैतानियाँ करती थीं। परन्तु शुभा, शुभा जहाँ स्वभाव से सहनशील थीं, वहाँ ईशा को अन्याय का विरोध करने की आदत थी। दोनों में एक साल का फर्क था। ईशा भले ही एक साल छोटी थी, परन्तु जब कभी शुभा अपनी किसी सहेली से मात खा जाती, या सताई जाती, तो ईशा गाल फुलाकर ऐलान कर देती, ''बता दीदी, किसने तुझे परेशान किया है? चल, मैं देखती हूँ, उसे।'' और शरीर और मन से स्वस्थ ईशा, अपनी जीजी को सताने वाले, या वाली सहपाठी पर भारी पड़ती। कोई चंट सहेली अपने पेंसिल स्केल, घर भूल आती, और उसके हथिया लेतीं। ऐसे मुकदमे या शुभा की टीचर सुलझाती या ईशा।

बचपन में भूख लगती, तो रोने लगती। तब उसे सिखाया, कि इस समय भूख लगी है, तो मम्मी से बोलो। एक बार रघु का वैष्णोदेवी का प्रोग्राम बना था। शुभा तो तन्दूर की रोटियाँ खा लेती, लेकिन ईशा उन रोटियों को देखकर रोती, कि ये तो रोटी नहीं हैं। उसे दाल चावल दिये जाते, या रोटियाँ दाल सब्जी में भिगो कर दी जातीं। तब तो वह दोनों बहनें सात-आठ साल की रही होगी।

बरेली में दोनों एयरफोर्स वाले सेन्ट्रल स्कूल में थीं, शुभा ग्यारहवीं में और ईशा दसवीं। किसी बात पर गणित अध्यापक ने लड़कों के साथ शुभा के हाथों पर भी रूल मार दिए। इंटरवल में ईशा को मालूम पड़ा, तो सीधी उस टीचर से लड़ने पहुँची, ''मैं डैडी से कह कर, प्रिंसिपल सर को शिकायत कराऊँगी। सारे बच्चे आपका ट्यूशन करने लगें, इसीलिए इतनी सख्ती कर रहे हैं।'' इस अकस्मात आक्रमण से घबराकर, उस टीचर ने शुभा से तुरन्त सौरी बोल दिया।

ईशा हर क्लास में फर्स्ट-सैकेंड आती रहीं, 80-90 प्रतिशत अंक पाती रही। यूपीटैक परीक्षा में पहले प्रयास में ही उसका 240 वाँ स्थान रहा। दरअसल, सुनन्दा दोनों बहनों को बराबर उकसती रहती थीं कि तुम्हें कुछ बनकर दिखाना है। तुम्हें दिखाना है, कि तुम लड़कों से बढ़कर हो।

लखनऊ में यू.पी. टैक की काउंसिलिंग थी। कुछ सीनियर लड़के वहाँ व्यवस्था देख हरे थे। सूरज दादा गुस्से से भरे, आग उगल रहे थे। उस धूप में एक घंटे लाइन में लगने के बाद, वह झुँझलाती हुई पाठक जी के पास आई थी। ''डैडी, पता नहीं वहाँ कोई गधा बैठा है। इतनी देर लाइन में लगने के बाद कहा, इस कमरे में नहीं, उस कमरे के आगे लाइन लगाओ।'' एक सीनियर पास खड़ा सुन रहा था, बोला, ''अरे, ऐसे आप उसे गधा कैसे कह सकती हैं, कोई मजबूरी रही होगी।'' ईशा ने बिना घबराए तपाक से जवाब दिया, ''देखिए हम बाप-बेटी हैं। आपस में कुछ बात करें, आप क्यों सुन रहे हैं?'' सीनियर उसकी बात सुन कर सिटपिटा गया था, और खिसियानी हँसी हँसता, उसका परिचय पूछने लगा था। ईशा ने धड़ल्ले से अपना परिचय दे दिया था। काउंसलिंग में एम.एन.आर. मिला था और ब्रांच उसने इलेक्ट्रिकल ली थी। शायद सिविल सर्विस का इरादा उसके दिमाग में था।

एम.एन.आर. इलाहाबाद में वह और ईशा फीस की लाइन में लगे हुए थे। तभी एक सीनियर आई थीं, ''अंकल आप ईशा पाठक के साथ हैं? अंकल जरा उसे हमारे साथ भेज दीजिए कुछ बातें करनी हैं।'' कुछ समय बाद ईशा वापस आ गयी थी। ''अरे ईशु तुझसे पहले तेरा नाम पहुँच गया है। क्या चक्कर है?'' याद है डैडी लखनऊ में एक सीनियर से पंगा हुआ था।'' थोड़ी देर बाद एक लड़की आई थी। ईशा थोड़ी देर बाद फिर वापस आ गयी थी। ''बहुत कोशिश कर रहे हैं, मेरी रैंगिंग करने की। लेकिन मैं भी इन्हें इनकी भाषा में ही जवाब दे रही हूँ।'' उसने मुस्कराते हुए कहा था।

अलग होने का समय आ गया था। दिन भर की धमाचौंकड़ी, रैंगिंग प्रयास के बाद, बाप से जुदाई ने उसे हिला दिया था। वह आयरन गर्ल पाठक जी के कन्धे से लगकर रो पड़ थी। ''अरे ये क्या? तू तो मेरा शेर बेटा है। जब जी चाहे ट्रेन पकड़ कर आ जाना, मेरे बच्चे मैं भी आता-जाता रहूँगा।'' ईशा की कमर और सिर पर हाथ फिराते हुए, वह समझा रहे थे। तभी वहाँ तीन सीनियर आ गयी थीं। आखिर उनकी रैगिंग रंग ले आई सोचकर वह खुश थी।'' अरे ईशा क्या हुआ?

''अमाँ, हम सब यहाँ एक फैमिली की तरह रहते हैं। पता है, रैगिंग बैन हो गयी है, यहाँ।''

''सुनो, कोई सीनियर लड़का तुझसे बात भी करनी चाहे, तो साफ कह देना, कि तुम अपनी सीनियर लड़कियों से बात करोगी। हमें भी तुम जैसी बोल्ड लड़कियों की जरूरत है, यू नो इन आँसुओं को पोंछो, यू सिली गर्ल।'' कहकर एक ने उसके सिर पर हाथ फिराया था। ''बेटा, पहली बार यह माँ-बाप से अलग रहेगी। इसका ध्यान रखना।'' अंकल, आप बिलकुल फिकर न करें। ईशा हमारी छोटी बहन है। दूसरी सीनियर ने उसे प्यार से लिपटाते हुए कहा था। दरअसल,

प्रोस्पेक्टस में लिखे खर्चों से डेढ़-सौ हजार ज्यादा खर्च हो गये थे। यहाँ परदेश का मामला, एक सौ पाँच रुपये में घर कैसे पहुँचेंगे, यह समस्या मुँह बाए खड़ी थी। हॉस्टल के गेस्ट रूम में कुछ फ्रेशर्स लड़कियाँ भी आ गयी थीं। उनमें से एक ने कहा था—''अंकल, आप ईशा के पापा हैं। खाना तैयार है, खाना खाकर जाइएगा।'' पाठक जी मन-ही-मन खुश हुए, चलो, तीस चालीस रुपये बचे। बाहर निकलते ही बारिश पड़ रही थी। एक मोटरसाइकिल सवार दिखाई दिया। कोई तिपहिया वाहन नहीं दिख रहा था। उन्होंने उसे ही हाथ का इशारा किया। ''अंकल कहाँ जाइएगा?'' प्रयाग स्टेशन। ''बैठिए मैं भी उधर ही जा रहा हूँ।'' स्टेशन के पास उन्हें छोड़ दिया था, चलो कम-से-कम दस रुपये और बचे। टिकट लेने पर पता चला किराया, मात्र पिचासी रुपये हैं। बचे हुए बीस रुपये बेशकीमती लगे। बरेली पहुँचकर ही खर्च किये।

ईशा की रफ्तार वही रही। क्लास में फर्स्ट-सेकिंड आती रही, चारों साल स्कॉलरशिप लिया। माँ की आवाज प्रायः कानों में गूँजती रहती, ''तुम्हें कुछ बन कर दिखाना है। 'उड़ान' दूरदर्शन पर तब एक धारावहिक चला था, उसे बहुत प्यारा लगता था। इसमें एक बेटी अपने बाप की लड़ाई को आगे बढ़ाती है। किरनबेदी तब उसकी रोल मॉडल हुआ करती थी।''

ईशा इलाहाबाद से बरेली नौचन्दी एक्सप्रेस से आती-जाती थी। इलाहाबाद जाने वाली, रात को 1:45 बजे, और इलाहाबाद से आने वाली 2:45 को आती। फोन आत जाता, पाठक जी स्कूटर लेकर पहुँच जाते। पहुँचाते समय, कभी-कभी लखनऊ तक पहुँचा भी आते, तब तक दिन निकल आता था।

इस आने-जाने में एक तमाशा हुआ। ईशा का फोन आया, कि लखनऊ तक बस से आएगी, फिर पंजाब मेंल से बरेली पहुँचेगी। पाठक जी बिना ईशा के बताए उसके मामा को देखने दिल्ली गये हुए थे। मामा सीरियस थे, ईशा की पढ़ाई में हर्ज होगा, इसलिए उसे यह बात छुपाई गयी थी। दिल्ली से लौटते हुए, साढ़े सात बज गये थे। पंजाब मेल करीब आठ बजे आ जाती थी। विचार बना, कि लगे हाथ, ईशा को भी रिसीव करते चलें। पूरी गाड़ी दो बार छान मारी। ईशा का कहीं अता पता नहीं। लड़की का कहीं अता-पता नहीं था। बुरे-बुरे ख्याल आ रहे थे। सुनन्दा साथ थी, उसकी हालत और बुरी थी, आखिर माँ थी। इलाहाबाद फोन मिलाया, तो पता चला कि वह तो सुबह निकल गयी। अब क्या करें? डैडी एक बार घर फोन कर, पता कीजिए। पाठक ही झुँझलाए, ''लेकिन मैंने तो गाड़ी दो-दो बार चैक करे है।'' ''हो सकता है, पहले वाली गाड़ी से आ गयी हो।'' शुभा ने शक जाहिर किया।

खैर, घर पता किया तो पता चला कि वह तो एक घंटे पहले आ गयी थी, और ऊपर वाली भाभी के कमरे में सो रही थी। सुनन्दा बोली, ''भगवान का शुक्र है, घर

चलते हैं। पाठक जी बोले, ''नहीं, पहले भरपेट खाना खाएँगे, फिर घर चलकर, ईशा की बच्ची की कमर में एक-एक घूँसा मारेंगे। घर पहुँचे तो पता चला कि पंजाब मेल लेट था, दूसरी ट्रेन पकड़कर जल्दी घर आ गयी। सोचा था, जल्दी पहुँचने का ईनाम मिलेगा, लेकिन यहाँ तो तील-तीन घूँसे...। पाठक जी झुँझलाए, 'हमारे बस की नहीं है, तुझे बाहर पढ़ाना, मेरी माँ...।' ठीक है बच्चा, आगे बिना फोन करे आया करूँगी...सरप्राइज।'' ईशा ने आशीर्वाद मुद्रा में कहा।

दूसरे साल में थी, तो फिर तमाशा हुआ। फोन आया, कि नौचन्दी से आ रही हूँ। पाठक जी नौचन्दी मे रिसीव करने पहुँचे, सारी ट्रेन छान मारी। कहीं सो तो नहीं गयी। सो जोर से पुकारा भी। फिर बुरी बातें दिमाग में गदर काट हुई थी। स्टेशन से खाली हाथ आए। सुनन्दा ने सुना, तो उसे भी काटे खून नहीं। दोनों मियाँ-बीबी बैठे सोचते रहे। इलाहाबाद फोन किया तो वहाँ किसी ने उठाया नहीं। सुबह छह बजे फोन उठाया, गेट पर वाचमैन ने। बोला, ''आधा घंटे बाद फोन कीजिएगा। हॉस्टल जाकर पता करूँगा।'' पैंतीस मिनट बाद फोन किया, तो पता चला कि आज नौचन्दी से चलेगी। पता नहीं पिछले सन्देश में 'आज' कैसे जुड़ गया। रात 2:45 से पौने सात बजे तक बुरे ख्याल शिकारी कुत्तों की तरह उन्हें भभोड़ते रहे। करीब सात बजे उन्होंने बीबी से कहा, ''पार्टनर, ये रात कैसी भयंकर बीती, अब चाय के साथ बेसन-प्याज की पकौड़ी भी हो जाय, साथ में अचार।''

एक बार फिर झुँझलाकर उन्होंने कहा, ''ऐसी किसी रात, मेरा हार्ट फेल जो जाएगा। हमारे बस की नहीं तुझे बाहर पढ़ाना, मेरी माँ...। ईशा ने उसी आशीर्वाद मुद्रा में अभयदान दिया, ''घबराओ मत बच्चा, दो साल ही तो बचा है। काम चलाऊ जूडो कराटे सीख लिया है, तीन-चार पर तो भारी पड़ेगी, ये 'आयरन गर्ल' अच्छा, आगे से बिना फोन आया करूँगी, दिन-दिन में। और ये बताओ तुम अपने शेर बेटे का, शेर-डैडी हो कि नहीं...बोलो बोलो...।'' उन्होंने हाँ में सिर हिलाया। तो फिर ''हार्ट फेल'' वाला गन्दा बात क्यों किया?...बोलो बोलो।'' ''तुझसे तो बातों में जीतना मुश्किल है।'' कहकर बिटिया को गले लगा लिया था। लगातार तीन साल के संघर्ष के बाद शुभा को भी बी.टैक (इलेक्ट्रोनिक्स) में अपने मन पसन्द इंजीनियरिंग कॉलेज में दाखिला मिल गया था। अप्रैल 2000 में ईशा को बी.ई. (इलेक्ट्रिकल) की आनर्स डिग्री मिल गयी थी। कैम्पसिंग में 'सत्यम कम्प्यूटर्स' ने उसे (इंजीनियर ट्रेनी) के रूप में चुन लिया था, उसने 'सत्यम' ज्वाइन नहीं किया। बरेली आकर प्रतियोगिता की तैयारी में लग गयी थी। तैयारी में वह दिन रात एक कर देना चाहती थी। उसने ऐसा किया भी, लेकिन सेहत आड़े आनी शुरू हो गयी थी। डॉक्टर लिवर कमजोर बता रहे थे। वजन घट गया था। हर समय अपच सा रहता। सिविल सर्विस की लिखित जैसे-तैसे दी। आई.ए.एस. की परीक्षा तक

तबीयत कुछ सँभली। आई.ए.एस. क्वालीफाई कर दिया, लेकिन इंटरव्यू में बात नहीं बनी। यद्यपि अच्छा गया था।

कभी-कभी घोर निराशा घेर लेती। उल्टे-सीधे सपने आते। माँ से झुँझलाती कि मैं अपना वायदा पूरा नहीं कर पाऊँगी। स्थानीय इंजीनियरिंग कॉलेज में लेक्चरार लग गयी थी। इसी दौरान उसे यू.पी.पी.सी.एम. क्वालीफाई किया, लेकिन इंटरव्यू को जाने लायक नहीं थी। उसे हिमोग्लोबिन कम हो जाने के कारण ड्रिप लग रही थी। वापस फिर पढ़ाने के कार्य में लग गयी। वह ऐसी अध्यापक थीं, जो क्लास को पूरे मन से पढ़ाती थी, और अपनी क्लास से भी यही आशा करती। क्लास मे बैठ कर सोने या दूसरे काम करने वाले विद्यार्थी को बाहर का रास्ता दिखा देती थी। कॉलेज तीन साल पूरे करने पर, स्पेशल पे स्केल देता था, लेकिन कोई तीन साल पूरे नहीं कर पाता था। उसके साथ भी यहीं हुआ दो साल तक उसके कार्य की प्रशंसा होती थी, उसके कार्य का उदाहरण दिया जाता था। वहाँ तीसरे साल उसके पढ़ाने मे कमियाँ ढूँढ़ी जाने लगी थीं।

उसने आई.एम.एस., गाजियाबाद जवाइन कर लिया था। यहाँ का माहौल ज्यादा फैशनेबल था, लेकिन उसका तो वही हाल था। ऐसी साड़ी बाँधती, कि बदन का कम से कम भाग दिखता। साथी अध्यापक वर्ग शक करता, कि मैडम के शरीर पर कहीं कोई दाग तो नहीं। पूरी क्षमता से क्लास में पढ़ाती, और कोई क्लास में ऊँघता या आपस मे बात-चीत वगैरह करता, तो उस पर बरस पड़ती। कुल मिलाकर वह एक सख्त अध्यापक थी। फैकल्टी रूम में सुगबुगाहट रहती। ''रूप-रंग मे तो कमी है नहीं, फिर अभी तक मैडम क्यों कुँवारी है?'' कुछ को डाँट देती, कुछ केा हँसी में टाल देती। हाँ, किसी शादी-ब्याह में जाना बन्द कर दिया था। औरतों की विशेष आदत हाती है, खोद-खोद कर पूछने की।

लिवर की कमजोरी के कारण सिर के बाल ज्यादा गिरने-टूटने लगे थे। सिर धोने पर गुच्छा भर बाल हाथ में आ जाते। डर लगता कि यही रफ्तार रही, तो गंजी न हो जाऊँ। तेरे बस का कुछ भी नहीं वाली बात, भी बार-बार उठाती। सिविल सर्विस की हिम्मत दोबारा नहीं कर पाई। हाँ 2005 की आई.ई.एस. परीक्षा उसने दी और क्वालीफाई भी किया। इंटरव्यू बहुत अच्छा हुआ। इतना अच्छा हुआ कि उसके एम.एन.आर.आई. के एच.ओ.डी. तीन विशेषज्ञों में एक थे, और उसके आई.एम.एस. के एच.ओ.डी. के दोस्त थे। उन्होंने अपने मित्र से उसका नाम लेकर प्रशंसा भी की।

2005 में ही बड़ी बहिन शुभा की शादी हो गयी और वह अपनी ससुराल चली गयी। एक शादी के बाद पाठक जी ठन-ठन गोपाल हो गये। एक डेढ़ साल बाद कुछ जमा हुआ, तो हिम्मत कर के ईशा के लिए वर देखना शुरू किया।

'टाइम्स ऑफ इंडिया' में दहेज-रहित शादी का विज्ञापन दिया।

पिता आनन्द कुमार शर्मा, डी.एम.सी. में इंजीनियर थे, बेटा विवेक कैलीफोर्नियण अमेरिका में कम्प्यूटर इंजीनियर था। पहले माँ बाप हमारी बहू...हमारी बहू कर ईशा से लाड़-प्यार लुटा गये। लड़का आया, पूरा 'मम्मी का भक्त', अमजद खान की जीरोक्स कॉपी। खान-पान का पक्का शौकीन। फलाँ डिश ऐसे बनती हे, और फलाँ वैसे। अरे, नानवेज डिश की क्या बात है। वेज डिश, तो समझो घास-फूस। लेकिन मम्मी के हाथ में तो जादू है...जादू। वेज डिश भी ऐसी बनाती है, कि उंगलियाँ चाटते रह जाओ। अमेरिका में मैंने फलाँ रेस्टोरेंट में, ये खाया, वो खाया। "खाने-पीने से कुछ समय बच गया, तो मौसम की बातें...।" यहाँ वहाँ के मुकाबले में बहुत ठंड पड़ती है। साड़ी वगैरह तो भूल जाइए। पैंट, जैकेट, स्वेटर, सब लादे रहना पड़ता है।

साला खदोड़...पेटू। जब देखो, तो खाने की बातें करता, या मौसम की। बाप ने अगली मुलाकात में कहा, पाठक जी आपकी बिटिया, हीरा है, हीरा। मैं दिल से चाहता हूँ कि वह मेरी बहू बने। लेकिन विवेक कह गया है, कि उसे समय चाहिए।" माँ ने कहा, "बेटा मेरा बेटा जरा खाने का शौकीन है। तुम्हें कुकिंग तो आती है।" इस पेटू के साथ परदेश में गुजारा कैसे होगा? वह सोचती। बेटा बाप को घुमा रहा है, और बाप हमें। आखिर सभी का मत बना, कि एन.आर.आई. है। क्या पता, वहाँ की किसी मेम से शादी करनी चाह रहा हो। शर्मा जी रु ड़की के पढ़े हुए थे, और ईशा एम.एन.आर. की, इसलिए उसे विशेष मान देते थे, लेकिन बेबस हैं।

2006 को ई.एस. का परिणाम आया, उसका रोल नम्बर नहीं था। माँ से उसने वायदा किया था कि वह कुछ बन कर दिखाएगी। कभी सोचती कि जीवन की चदरिया उतार फैंके। हार गयी...हार गयी। सारे दुखों से छुटकारा...फिर सोचती एम.टैक. करके, एच.ओ.डी. या प्रिंसिपल बन सकती है। आखिर सितारों से आगे भी तो जहाँ है। एक नहीं तो, दूसरी राह मिलेगी। जब पूरी तैयारी से कक्षा में पढ़ाती, उसके विद्यार्थी पूरी लगन से पढ़ते, तो उसे बहुत सन्तोष होता, कि चलो कुछ तो कर रही है।

एक बार फिर टाइम्स ऑफ इंडिया और हिन्दुस्तान टाइम्स में दहेज रहित वैवाहिक विज्ञापन दिया गया। अबकी बार एक प्रस्ताव था, मनीष उपाध्याय कद 5'9" तेरह लागख का सालाना पैकेज था, पूना में एक बहुराष्ट्रीय कम्पनी में कम्प्यूटर इंजीनियर, एम.एन.आर. का पढ़ा था। पाठक जी टैक्सी करके मथुरा गये। वहाँ मिलना हो गया। लड़का पूर्व परिचित निकला। वह सांस्कृतिक आयोजनों में बराबर भाग लेती थी। दो बार तो कार्यक्रमों में उद्घोषक भी रही थी, दो बातें खटकी थीं, एक तो लड़का बहुत गम्भीर स्वभाव का था, दूसरे तेजी से गंजेपन की ओर बढ़

रहा था। अन्दाजन अगले दस वर्ष में पूरा टकलू हो जाना था। लड़कियों को बहुत एडजस्ट करना पड़ता है। आई.एम.एस. से रिजाइन देकर रुद्रपुर डैडी के पास शिफ्ट हो गये थे।

वर के पिता का प्रिंटिंग प्रेस था। उन्होंने कह दिया, कि रिश्ते के विषय में वर की माँ ही बात करेगी। खैर, बातें हुईं। लड़के को लड़की पसन्द थी। गाजियाबाद में मेला प्लाजा में वाग्दान और सगाई की रस्म हुई। इस समारोह में यह बात खटकी, कि वर पक्ष वाले सभी बहुत गम्भीर स्वभाव के थे। वर की छोटी बहन दिल्ली एम.बी.ए. कर रही थी। उसने तो ईषा का रैगिंग/इंटरव्यू ले डाला। ''अच्छा ये बताइए, आपको कुकिंग आती है, या नहीं?'' जी चाय बना लेती हूँ, मैगी और आमलेट भी बना लेती हूँ। अरे, तो भइया को यही खिलाएँगी। अच्छा, गाना तो आता होगा, कुछ गाकर सुनाइए।'' ''नहीं मुझे सुनना अच्छा लगता है। आप गाइये मैं सुनूँगी।'' अच्छा, आखिरी सवाल, ''क्या आप जॉब करेंगी?'' ''मैंने एम.एन.आर से बी.ई. (इलेक्ट्रिकल) आनर्स किया है, मैं बिना जॉब के नहीं रह सकती।'' ईशा ने मन की बात साफ कर दी। ईशा को प्रतीत हुआ जैसे ये होने वाली, ननद उस पर हावी होना चाहती है।

शाायद 'वुड बी ननद' को ट्रैडीशनल भाभी की जरूरत थी। उसने भाई के चुनाव को रद्द कर दिया था। विस्फोट की सम्भावना थी। बहरहाल, एक सप्ताह बाद, मिसेज उपाध्याय का फोन आया, ''पाठक जी, आपने लड़की को यही संस्कार दिए है? हम लड़के वाले हैं, अगर वह अपनी ननद की इज्जत नहीं करेगी, तो कैसे निभेगी?'' पहले तो पाठक जी हड़बड़ाए, फिर सँभल गये, ''देखिए बहन जी, बड़े को आयी, बड़ी कहलाई। आपकी वो ननद, आयु में ईशा से दो वर्ष और अपने उस भाई से चार वर्ष छोटी है। वर का लिखा, अब भी मेरे पास है, कि उसे 'वर्किंग गर्ल' चाहिए, जो उसके बराबर का मेंटल स्टेटस रखती हो। एक इंजीनियर लड़की को घर बैठने को कहना, सरासर बेतुका है, और उसने उसकी बातों के वैसे ही बेतुके उत्तर दिये। लेकिन वह अपनी बात पर कायम रही।'' ''कोई बात नहीं लगी, तो चुप रह जाती। आखिर वह उसकी ननद है। उससे कह दीजिए कि माफी माँग कर, इस टंटे को यही खत्म करें।'' लेकिन ईशा ने अन्याय के आगे झुकना नहीं सीखा था। बहन ने भाई को पता नहीं क्या भरा, कि उसका तीन-चार दिन में एक फोन आता था, वह भी बन्द हो गया। उसने फोन किया, तो पता चला कि साहब बहुत व्यस्त हैं। ईशा ने समझौता करते हुए उस घुन्ने और गंजे लड़के के साथ एडजस्ट करने का मन बना लिया था, कि उस वुड बी ननद ने टंटा खड़ा कर दिया। परिवार में बहस चली, कि ऐसे परिवार के साथ कैसे निभाव होगा। सुनन्दा ने अभी तक जो बात छुपा रखी थी, खोल दी। दरअसल, अभी मथुरा में हुई मुलाकात के दौरान, वर

की माँ ने बताया था, "क्या बताऊँ, बहन जी, एक अलसेशियन पाला था, वह मर गया। बेटी-बेटे तो अपने घर के हो गये, उसका ही सहारा था।" बहन जी ईश्वर की यही इच्छा थी, वैसे आपके बेटी-बेटे तो आते रहते होंगे?" "कहाँ बहन जी, दो-तीन साल में कभी आते हैं, फिर किसी न किसी बात पर लड़ पड़ते हैं, फिर उनके मुकदमे सुलटाओ। ये सुबह क निकले रात को घर में घुसते हैं। कभी मर-मरा गयी, तो लाश घर में पड़ी सडती रहेगी।"

इन बातों सेयह विचार बना, कि यह बँटा हुआ, अशान्त परिवार है। यहाँ लड़की की कद्र नहीं होगी। बात की बात में, एक और शक उठ खड़ा हुआ। वर को खानसामा-कम-नौकर था, जो उसकी होंडा सिटी भी ड्राइव करता था। उसने कहा था, कि पहले पाँच हजार देता था, उसे, अब सात हजार देता है। रहना खाना सब फ्री। उससे बराबर का व्यवहार करता हूँ। 'गे' तो नहीं? अगर ऐसा है, तो अपनी मैरिड लाइफ की ऐसी की तैसी हो जाएगी।

सारी रात जाग कर संयुक्त निर्णय हुआ, कि ये रिश्ता तोड़ना है। सुबह ईशा ने लड़के के ब्रेक-अप का ई-मेल भेज दिया, और पाठक जी ने मिसेज उपाध्याय को टेलीफोन से सूचित कर दिया। ईशा के चाचा को मथुरा भेजा गया, कुछ सामान लौटा, कुछ नहीं लौटा। पास वाले मैरिज होम को दस हजार देकर, बुक कराया था, उसने साफ इनकार कर दिया। कुल मिलाकर दुख हुआ, परन्तु एक गलत परिवार से जुड़ने से बेहतर था, कि एकला चलो रे...।' कभी गुमसुम पड़ी सोचती थी, कि मेरे साथ ही यह खिलवाड़ क्यों हो रहा है?

अलीगढ़ में पाठक जी के पुराने मित्र थे, डॉ. सारस्वत, स्थानीय डिग्री कॉलेज में प्रवक्ता और, बेटा विशाल, न्यू जर्सी अमेरिका में कम्प्यूटर इंजीनियर वहीं का एम.एस. था। वर ने अपनी एक साथ से शादी की थी, परन्तु महीने भर में ही ब्रेक-अप हो गया था। अब वह लोग ऐसी बहू की तलाश में थे, जो निभा सके। वर की माँ, ईशा को बहू के रूप में पहले से ही पसन्द करती थी। तय हुआ, कि पहले ईशा का अर्जेंट पासपोर्ट बनवाया जाय। अगले महीने लड़का आएगा, और शादी करके उसे साथ ले जाएगा।

ईशा की कल्पना को फिर पंख लगे थे। अमेरिका धरती का स्वर्ग, बड़ी-बड़ी आँखों वाला आकर्षक युवक, विशाल। मन का पंछी फिर पंख फैलाए उड़ने को बेकरार था, सात समुन्दर पार।

तभी कहानी में एक और ट्विस्ट आया था। पन्द्रह-बीस दिन से अपना ई-मेल चेक नहीं किया था। मेल चेक करने पर, संघ लोक सेवा आयोग का सन्देश मिला था, कि आपका चयन भारतीय इंजीनियरिंग सेवा हेतु किया जाता है। मैडीकल परीक्षण हेतु...दिनांक...तक उपस्थित हों।

थोड़ी देर, ईशा सन्न रह गयी। समझ नहीं पा रही थी कि रोएँ या हँसे। मैडकील परीक्षा की तिथि बीते, सात दिन हो गये थे। उसका सपना पूरा हुआ, तो किस शक्ल में। चाचा साथ थे, एक गिलास पानी पिलाया दिलासा दी, कि चल, कोशिश करके देखा जाए। शायद छूट मिल जाए। आयोग को फोन मिलाया गया, कई बार कोशिश के बाद फोन मिला, ईशा ने सारा मामला समझाया। एक मैडम बोल रही थी। उन्होंने बताया कि गाजियाबाद के आपके पते पर, पहले पत्र गया था। वहाँ आपकी मकान मालकिन ने यह कहकर लौटा दिया, कि यहाँ इस नाम का कोई नहीं रहता। फिर हमने आपके ई-मेल एड्रेस पर सन्देश भेजा। वैसे तो आप काफी लेट हो गयी हैं, लेकिन मैं अपने सीनियर से पूछती हूँ। आप एक घंटे बाद फोन करें। करीब सत्तर मिनट बाद फोन किया, तो बोलीं, ''मेडीकल अफसरों का परीक्षण चल रहा है, कल आप उनके साथ आकर, मैडीकल करा लें।'' डूबते को तिनके का सहारा, जिन मैडम की उसने शक्ल तक नहीं देखती थीं, देवदूत की तरह सहायक हुईं।

आँसुओं के बीच मुस्करा रही थीं, ईशा। बरसात में खिली धूप की तरह। भाग्य भी कभी राहजन बन सब कुछ छीन लेता है। कभी दाता बनकर जबरदस्ती छप्पर फाड़ कर दे देता है। बिजनौर वाले गुरूजी ने कहा था, ''इसका रौल नम्बर मैंने देखा है। जरूर कोई घपला हुआ है। मैं कहता हूँ कि ये काम होना है।'' 2005 की परीक्षा का परिणाम 2006 में निकल चुका था। एक साल बाद, एक बन्द अध्याय खुल गया था। ईशा परीक्षा में असफल होने के बाद, सम्बन्धित आई कार्ड फाड़ देती थी, लेकिन इसका कार्ड सुरक्षित था, जो काम आया।

उसी दिन ईशा टैक्सी में चाचा और मम्मी के साथ दिल्ली रवाना हुई और पाठक जी उसके सर्टीफिकेट लाने रुद्रपुर रवाना हुए, जहाँ से उसे दिल्ली पहुँचना था। दूसरे दिन ईशा ने इलेक्ट्रिसिटी ऑथरिटी ऑफ इंडिया के असिस्टेंट डायरेक्टर के पद पर अपनी ज्वाइनिंग दी थी। आधा किलो मिठाई लेकर उन्हीं मैडम को धन्यवाद देने गयी थी। ज्वाइनिंग के बाद उसे ऐसा लगा कि मन मस्तिष्क पर जो बोझ कई वर्षों से लिए घूम रही थी, वह अकस्मात हट गया है। एकदम हल्की हो गयी है, नन्हीं सी चिड़िया की तरह...। माँ बाहर टैक्सी में थी। वह लगभग दौड़ती हुई गयी थी और उनसे लिपट गयी थी। ''लो माँ कुछ बन गयी मैं...।'' उसकी और मम्मी-डैडी की आँखों के आँसू थे।

पाठक जी के दिमाग में धमाल सा मचा था। क्या है, इस बन्द अध्याय के दोबारा खुलने का अर्थ। बेटी के चयन से खुशी थी, लेकिन एक तार जुड़ा, तो दूसरा टूट रहा था। वर अमेरिका के ग्रीन कार्ड का इच्छुक है, अर्थात स्वदेश आने का उसका कोई इरादा नहीं है। शादी के केवल सोलह दिन रह गये हैं। देर-सबेर ईशा

पर इस नौकरी से इस्तीफे का दबाव बनेगा। क्या चार-पाँच साल की मेहनत से मिली अपनी उपलब्धि, भारत सरकार की क्लास वन की नौकरी से, इस्तीफा दे पाएगी? गुरूजी ने साफ कह दिया, ''ये लड़की यही रहेगी। भारत सरकार की क्लास-वन पोस्ट, कोई ठुकराता है, भला? अमेरिका वाले रिश्ते को मना करो।'' पाठक जी सोच रहे थे, ''मेरे मन कछु और है, विधना के कछु और।''

पता यह चला था कि 2005 की प्रतियोगिता की शिकायतें हुई थीं, जाँच के बाद बारह प्रत्याशियों की एक लिस्ट बनी जिसमें उसका नाम दूसरे नम्बर पर था। जो भी हो, यह सब एक अजूबा ही था।

बहरहाल, डॉ. सारस्वत वाले रिश्ते से भी पीछे हटना पड़ा। मिसेज सारस्वत ने कहा कि क्या हुआ, इससे अच्छा जॉब, वह उसे अमेरिका में दिलवाएगा। इतने पापड़ बेलने के बाद मिली नौकरी को त्यागने को कौन कहे, ईशा से। सारस्वत जी के साथ सम्बन्धों में स्थाई दरार आ गयी, जो अभी भी कायम है। रुद्रपुर में 'रुद्रो कोन्टीनेंटल' बुक कराया था, दस हजार देकर, वह तो जैसे-तैसे वापस मिल गया, बैंड बाजे वगैरह का एडवांस नहीं लौटा।

बुलन्दियाँ चाहीं, छू ली ईशा ने, परन्तु मन अब भी, बहुत अशान्त था। बाल धोने पर मुट्ठी भर बाल टूट कर, हाथ में आ जाते थे। इस शादी के चक्कर में क्या-क्या खेल खेलती रही, तकदीर उससे। तीसरी बार किसी की दुलहन बनते-बनते रह गयी थी, वह। न जाने क्या लिखा है, भाग्य में? शादी की लकीर भी है या नहीं? सोचते हुए अपनी हथेली ध्यान से देखी। वह तीस को होने जा रही थी। किसी बर्थडे पार्टी या शादी वगैरह में जाना बन्द किया हुआ था। यह प्रश्न अब भी उसका पीछा कर रहा था, ''मैडम की शादी कब होगी?'' जिद्दी बच्चे सा लगा था, पीछे यही सवाल।

पाठक परिवार इस मसले को लेकर गुरु जी की शरण में जा पहुँचा था। ''हम तो देखकर थक गये, अब आप सँभालिए।'' सुनन्दा ने चरण स्पर्श करते हुए कहा, 26 दिसम्बर को उन्होंने ईशा को पास बुलाया, ''देख ईशा, मेरा सगा भतीजा है, तुझसे दस महीने बड़ा है, कद 5' 7'', एक अमेरिकन फर्म में कम्प्यूटर इंजीनियर है नोएडा में। करीब 11 लाख सालाना का पे-पैकेज है, बोल शादी करेगी?''

29 दिसम्बर को वाग्दान हुआ और अगली दो जून की शादी। दरअसल, अपने छोटे मामा की शादी में सात वर्षीया ईशा ने गुरु जी की उंगली पकड़ते हुए कहा था, ''गुरूजी मैं तो आपके साथ रहूँगी।'' जब गुरूजी ने कहा था, ''तुझे बुलाऊँगा, अभी समय नहीं आया, बेटा।''

पाठक परिवार जब ईशा के लिए वर देख रहा था तो उन्होंने उन्हें नहीं टोका। हाँ, अपने भतीजे के रिश्ते की बात चली, तो उन्होंने यही कहा कि उन्होंने लड़की

देख रखी है। ईशा का ई.एस. में चमत्कारिक चयन, उनके भतीजे से उसका विवाह, और दूसरी अन्य बातें सुनकर विश्वास जागता है, कि उन्हें भविष्य की घटनाओं का पूर्वाभास हो जाता है।

तो कहानी के अन्त में मिलिए, मेरी नायिका ईशा पाठक से। कद 5'4'' रंग गोरा, छोटी सुघड़ नासिका, लम्बी सुराहीदार गर्दन, काली कजरारी आँखें (एम.एन.आर. में उसका नाम, इसलिए 'टल्ली गुरू' पड़ गया था), जीरो फिगर वाली वह आजकल डिप्टी डायरेक्टर प्रमोट हो गयी है, और दिल्ली 'एंड्रूजगंज हुडको कम्पलैक्स' में सिंगल बैड फ्लैट में, बड़ी-बड़ी आँखें वाले आकर्षक युवक अपने पतिदेव के साथ रह रही है।

यूँ तो कहानी कभी खत्म नहीं होती, शादी को तीन साल हो गये हैं, एक नई हसरत ने जन्म लिया है, पाठक दम्पति ईशा की गोद में एक बेटा या बेटी चाहते हैं। अ...मी...न।

बौनों के देश में

होटल 'आनन्दम' पहुँच कर रिसेप्शन से पता चला, कि सिंह साहब कमरा नम्बर-112 में रुके हुए हैं। भटनागर वहीं चहलकदमी करता मिल गया था। कमरे का दरवाजा खटखटाया, तो अग्रवाल ने दरवाजा खोला था। सक्सेना और मल्होत्रा वहाँ पहले से मौजूद थे। सामने बेड पर तहमद बनियान पहले संगत सिंह जी बैठे थे। गले में तुलसी की छोटी माला, गेहुँआ रंग, घुँघराले बाल कुछ बैठी हुई नाक, वह स्वभाव से मृदु थे, परन्तु सिद्धान्तों के मामले में उतने ही कठोर। ड्रेसिंग टेवल पर रामायण और गीता के छोटे गुटके रखे हुए थे।

"आप लोग चाय तो पियेंगे ही।" उन्होंने कहा और हम लोगों के मना करने के बावजूद भी चाय का आर्डर दे दिया था।

बैड पर रखे हुए दोनों तकियों को गोद में रखकर, उन्होंने अपनी दोनों कोहनियाँ उस पर टिका दी थीं, "देखिए, आप लोगों को मैंने एक विशेष प्रयोजन से यहाँ बुलाया है। मेरा रिटायरमेंट अब छह महीने में ही हैं। मैं अपने रिकॉर्ड पर कोई दाग लगाना नहीं चाहता, इसके लिए मुझे आपके सहयोग की जरूरत है। मैंने आज आप लोगों के स्टाक का इंस्पेक्शन किया है। मैं आपके स्टाक से कतई सन्तुष्ट नहीं हूँ। इस बार तो आपको वार्निंग दे कर छोड़ रहा हूँ, अगली बार मैं आपको नहीं छोड़ने वाला, इसलिएण एक मौका दे रहा हूँ, सुधर जाइए।"

"सर, चारों ओर से दबाव रहता है, व्यापारियों को, अपने अधिकार का, फिर भी सर, हम लोग क्वालिटी में सुधार की पूरी कोशिश कर रहे हैं।" भटनागर ने आदतन अपनी दोनों हथेलियाँ रगड़ते हुए सफाई पेश की थी।

"मैं उसी कोशिश की बात कर रहा था, मिस्टर। आपका स्टाक आपकी कोशिश बता रहा है। रही बात दबाव की तो मैं कोई बहाना नहीं सुनने वाला। कौन दबाव डालता है। आप मुझे उसका नाम बताइए, संगत सिंह आपके साथ है।"

बेटा चाय ले आया था। हम सब इस बात को जानते थे कि 'बॉस की हाँ में हाँ का नाम ही चाकरी है'। सो हम सबने एक सुर में कहा, "सर हम वचन देते हैं,

आपके आदेश का पालन होगा।'' हमारी बात से उनके चेहरे से तनाव दूर हो गया था।

थोड़ा घूमकर उन्होंने ''सिगरेट के पैकेट से एक सिगरेट निकाल कर सुलगा ली थी। अग्रवाल से उसका पुराना परिचय था, उसने सिर खुजाते हुए कहा था।'' आजकल, सर ईमानदारी की राह बहुत कठिन हो गयी है। शहर में नगर पालिका का प्रशासक ईमानदार था, उसने नगर पालिका को सुधार कर रख दिया, सड़कों, नालियों की सफाई कराई, अतिक्रमण हटवाए, पालिका के कोष में लाखों की वृद्धि की। लेकिन कुछ प्रभावशाली लोगों के अतिक्रमण हटने की बात उठी, तो छह महीने में उसका तबादला हो गया। शहर की जनता अब भी उसे याद करती है। ईमानदारी ऐसी धर्म पुस्तक हो गयी है जिसकी लोग प्रशंसा करते हैं, पूजते हैं, कंठस्थ कर लेते हैं, परन्तु अपनाते नहीं हैं।''

सिंह साहब ने सुनकर ठंडी साँस ली थी, ''बात तो ठीक है, अग्रवाल कि इस प्रजाति के प्राणी अब दुर्लभ होते जा रहे हैं, और भविष्य में अजायबघर की कृति बन जाएँग। परन्तु हाथ पर हाथ रख कर बैठने से स्थिति और बिगड़ेगी, हमें अपने देश और समाज को बेहतर बनाने के लिए संघर्ष तो करना ही चाहिए।''

सक्सेना कर्मचारी यूनियन का सचिव था, उसने इधर-दधर देख कर अपनी बात रखी थी। ''बढ़ते हुए उपभोक्तावाद ने, बढ़ती हुई महँगाई ने, सारे समीकरण उलट दिये हैं। एक छोटे कर्मचारी के एक ओर उसके अपने घरवाले खड़े हुए होते हैं, जो उसे अनुभव कराते हैं, कि कोरी तनखा से गुजारा नहीं होगा। उसके विभाग के अधिकारी भी उससे चाहते हैं, कि वह उन्हें कमा कर दे। दूसरी ओर उसका जमीर उसकी आत्मा होती है, और वह नटनी की तरह इन दोनों के बीच एक पतली रस्सी पर चलता है।''

उन्होंने थोड़ी देर आँखें बन्द कर ली थीं। ''दरअसल, आत्मा एक घर की तरह है जब भी हम उसकी दहलीज पार करते हैं, तो वह हमें वापस बुलाती है, हमें बाहर निकलने से रोकती हैं। पहले तो छोटी सी बेईमानी पर रातों की नींद हराम हो जाती थी, अब तो बेईमानी का अवसर न मिलने पर नींद उड़ाती हैं।''

उन्होंने ऐश-ट्रे को पास खिसका लिया था, ताकि सिगरेट की राख झाड़ सके। एक लम्बा कश ले कर वह यादों में खो गये थे।

''सन् 60 की बात है मैं विभाग में नया-नया आया था। एक दक्षिण भारतीय थे प्रताप चन्द्रन जो मेरे सीनियर थे और पार्टनर भी। एक रात को तीन बजे मेरी आँख खुली तो वह बेचैनी से कमरे में टहल रहे थे। मैंने घबरा कर पूछा कि क्या परेशानी है, कहीं तबीयत खराब तो नहीं? पूछने पर उन्होंने बताया कि कल शाम उन्हें मद्रास जाना है। घरवालों के लिए कपड़े लेने एक दुकान पर गये तो वह अपना डीलर

निकला उसने दो कमीज और दो पैंट के कपड़े के पैसे, लाख कहने पर भी नहीं लिए। अब उसकी आत्मा उन्हें कचोट रही थी। अगली सुबह उसी कपड़े की दुकान पर कपड़े पटक कर आए, तब मद्रास को रवाना हुए।'' सिगरेट की गर्मी उन्होंने उंगली पर महसूस की और एश ट्रे के अन्दर बुझा दिया था।

''अग्रवाल, जरा गिलास तो उठाना।'' एक गिलास पानी पीने के बाद, अपनी बात जारी रखी।

''मैं देहरादून डिपो पर था। लोग मेरी ईमानदारी को जानते थे। एक मिल मालिक अपना माल पास कराने के लिए बराबर दबाव डाल रहा था। एक चतुर व्यापारी की तरह वह अपना काम किसी प्रकार सिद्ध करना चाहता था। एक दिन मेरे पास आया, और दोनों हाथ जोड़कर बोला, ''सिंह साहब मैं आपसे हार गया। यदि आप माल पास करना नहीं चाहते तो ईमानदार बने रहिए, आप तीन दिन की छुट्टी चले जाइए, बस। हरिद्वार में मेरा एक गैस्ट हाउस है, ड्राइवर आपके साथ कर देता हूँ। तीन दिन आप वहाँ मेरे मेहमान रहेंगे। भाभी जी और बच्चों को घुमा दीजिए मौज-मस्ती करा दीजिए। आप कहें तो मंसूरी का टूर...। लेकिन मैंने उसे सख्ती से मना कर दिया।''

फिर एक दिन बोला, ''सिंह साहब, आज्ञा दें बस स्टैंड तक छोड़ दूँ, मैं इतना बुरा आदमी नहीं हूँ, जितना आप समझते हैं।''

बात मजाक में थी उस दिन मैं उसकी बातों में आ गया, और उसने मुझे बस स्टॉप तक छोड़ दिया।

बस में बैठने के कुछ देर बाद, जब मेंने टिकट के पैसे कंडक्टर को दिए तो वह बोला, ''बाबू साब, आपके पैसे तो आ गये।'' मैंने पूछा कि किसने दिए, तो बोला कि जो साहब आपको जो छोड़ने आए थे, उन्होंने। मुझे अपने आप पर और उस धूर्त व्यापारी पर बेहद गुस्सा आया, और आश्चर्य भी हुआ कि पल भर में कब उसने ऐसा कर दिया। फिर मुझे याद आया कि कुछ देर को मैं पेशाब गया था। मैं अब स्वयं को कोस रहा था। थोड़ी देर बाद जब उसने अपना हिसाब-किताब मिला लिया, तो उसने मुझे बताया कि वही साहब उसे एक थैला भी दे गये हैं। थैला खोल कर देखा तो उसमें दो किलो सेब थे। मैंने थैला वापस देना चाहा, तो उसने साफ मना कर दिया। ''बोला बाबू साब, आपकी अमानत है, मैं क्यों रखूँ?''

मैं रास्ते भर गुस्से से जलता रहा, कि साला पैसे वाला है, तो मुझे खरीदना चाहता है। रास्ते भर उलझन रही कि वह सेब फेंक दूँ, किसी गरीब को दे दूँ या वापस लौटा दूँ, अब रात हो चली थी। वापसी सम्भव नहीं थी, फिर उसे किराया तो वापस करना ही था। अगर सेब किसी गरीब को दे दूँ, या फेंक दूँ तो वह समझेगा कि मैंने उसकी रिश्वत ले ली। इसलिए काफी सोच-विचार के बाद निश्चय किया

कि पैसे और सेब दोनों कल लौटा दिए जाएँ।

घर में घुसते ही श्रीमती जी ने थैला देखकर पूछ लिया कि उसमें क्या है? मरता क्या न करता? उन्हें सब बात बतानी पड़ी। सुनते ही उन्होंने दाईं हथेली अपने माथे पर मारी, "अरे वाह मेरे हरिश्चन्द्र जी, कभी अपने मन से तो बीबी-बच्चों के लिए फल लाते नहीं, अब उसने दे दिए हैं, तो उन्हें वापस करोगे?" हाँ-हाँ वापस करूँगा। मेरा क्रोध बढ़ता देखकर वह खुशामद पर उतर आई, "अच्छा...अच्छा...देखिए गुस्सा थूक दीजिए खाने-पीने की चीज है, इसे क्या लौटाएँगे हरिश्चन्द्र जी? कल गरीबो में बाँट देंगे।" बच्चों ने भी हाँ में हाँ मिलाई।

सोने से पहले ये पत्नियाँ अपनी फर्माइशें जरूरी रखती हैं। सेज वह अखाड़ा है, जहाँ स्त्री अपने बुद्धिबल से प्राय: जीत जाती है। सोते समय धर्म पत्नी ने बहकाना शुरू कर दिया, "सुनिए, वो पैसे वाला है, काम तो उसका रुकेगा नहीं, आप मना कर रहे हैं, तो दूसरा तैयार है। वो बेचारा ठीक ही कह रहा है, कार से हरिद्वार चलेंगे। तीन दिन का घूमना-फिरना हो जाएगा, और आपकी ईमानदारी पर भी कोई दाग नहीं आएगा।" वह मुझे देर रात तक 'नरो व कुंजरो' के प्रश्न पर युधिष्ठिर की भाँति मौन रहने को उकसाती रही लेकिन मैं भी अपनी बात पर डटा रहा।

दूसरे दिन मैंने उस सेठ को बहुत बुरा भला कहा, किराए के पैसे उसके मुँह पर दे मारे और वह सिर झुकाए सुनता रहा। रात को घर पर आया तो पता चला, कि सेब किसी गरीब को न देकर मेरी पत्नी और बच्चों ने खा लिए थे। पूछने पर उसने मुस्कराते हुए आँखें नचाई थीं, "अरे हरिश्चन्द्र जी, आपने किसी गरीब को देने को कहा था, हम क्या आपको अमीर नजर आते हैं। बरसों हो गये थे, सेब खाए बिना तुम्हारे राज में।" पैसों की तंगी होने पर, वह मुझे व्यंग्य से हरिश्चन्द्र ही कहा करती है।

"आखिर लाख कोशिश के बाद भी वह सेब मेरी पत्नी और मेरे बच्चों ने खा ही लिये। कुछ दिन बहुत झुँझलाहट रही। अब तो जमाना बदल गया है, पहले बेईमान ऊगली पर गिने जाते थे, आज कल ईमानदार। अच्छा जो मैंने आपसे कहा है उसे याद रखिएगा।" सिंह साहब ने यह कहकर टी.वी ऑन कर दिया था। समाचार आ रहे थे, हम लोगों ने उनसे विदा ली थी।

लौटते समय श्मशान वैराग्य की स्थिति थी। मुझे अपने पिता की याद आई जो राज्य सरकार में अधिकारी थे। एक दिन तो एक सेठ ने अपनी नई फिएट की चाभी उनके जूतों पर रख दी थी। तो उन्होंने वह चाभी पैर से उछालते हुए कहा था, "तू मुझे खरीदना चाहता है?" कभी उनका तबादला मेरठ से बहराइच होता, तो कभी बलिया से अल्मोड़ा। लेकिन वह ईमानदारी से चिपके रहे। दादा एक स्कूल के

हैडमास्टर थे, जो हर साल चार-पाँच गरीब बच्चों की फीस अपनी जेब से भरते थे। उनका खर्च उठाते थे।

शायद पुरानी पीढ़ी सिद्धान्तों के प्रति हमारी तुलना में अधिक समर्पित थीं। इन्होंने छोटे-छोटे समझौते भी मजबूरी में किए और हम...? हम अभी से छोटे समझौतों की राह पर हैं, और बड़े समझौतों की इच्छा करते हैं। शायद...हमारा कद घट रहा है। दिन प्रतिदिन घ...ट...रहा है।

हारा हुआ सिपाही—उर्फ अभिमन्यु सिंह

वह, आपको, सिलवटदार, मुड़ी-तुड़ी पुलिस ड्रेस पहने शहर में ट्रेफिक कंट्रोल करता मिल जाएगा। कद 5'-10'' इकहरा सुगठित शरीर, भूरी आँखें, काले घुँघराले बाल, आयु-59 वर्ष। इसकी कमीज पर, एक नहीं, छह-सात बिल्ले दिखाई दे रहे हैं। जी हाँ, इतने बिल्ले, वह भी अलग-अलग-रंग के, एक पी.ए.सी. का, दो उ.प्र. पुलिस के, एक सी.आर.पी. का, दो मिलिट्री के, हिन्दुस्तानी आवाम की तरह। एक राज की बात बताऊँ, वो भी कान में, ''सब कुछ मंगैनू है उसके पास, सिवाय उसके लाल खस्ताहाल जूतों के।'' वह शहर में ऐसी जगह, जहाँ ट्रैफिक कन्ट्रोल जरूरी हो, और पुलिसमैन न हो, जा कर पूरी मुस्तैदी से ड्यूटी करता है। किसी अफसर की जीप या कार दिखने पर, एकदम कड़क सैल्यूट मारता है। रात के नौ बजे, वह पुलिस या डिफैंस की किसी मैस पर पहुँच जाता है। मैस वाले उसे अपना खोया हुआ हाफ क्रेक भाई, समझ उसे भरपेट भोजन करा देते हैं। कभी कोई दिलवाला, उसे अपने हिस्से का रम या ह्विस्की पिला देता है, जिसके बाद वह प्रायः भ्रष्टाचार के विरोध में भाषण देने लगता है। पुलिस/मिलिट्री वाले समझते हैं, दिमाग का एक आधा पुर्जा हिल गया, तो क्या, है तो अपना ही भाई। (अपने बरेली में ऐसी वर्कशाप है, जहाँ ये पुर्जे ठीक किए जाते हैं) इसलिए जब तीन पैग के बाद जब भ्रष्टाचार के विरोध में भाषण देता, तो लोग उसे घेर कर खड़े हो जाते। कोई चाय वाला आवाज देता, ''नेताजी थक गये होंगे, एक कप चाय पी लो, अदरक इलायची वाली।''

आप पूछेंगे पुलिस स्टाफ के सामने भ्रष्टाचार पर, भाषण देने वाले इस मुअत्तिल सिपाही, जिसकी अभी तक पेंशन भी नहीं मिली, मौटे तौर पर स्टाफ इतनी इससे सहानुभूति क्यों रखता है? क्यों, इसके भाषण पर, उसे धक्के मार कर नहीं निकाल देता? क्यों, उसकी मुचड़ी-खुचड़ी कमीज पर छह-2 बिल्ले दिखाई देते हैं? कारण स्पष्ट है, कि ईमानदारी, सत्य, अहिंसा आदि गुणों का हम अदर तो करते हैं, परन्तु उन्हें अजायबघर की अजीब वस्तुओं में, सादर रखना पसन्द करते हैं,

उन्हें 'प्रैक्टिकल' नहीं समझते। आठवीं तक किताबों में इन सद्‌गुणों का महिमामंडन पढ़ते हैं, परन्तु बड़ा होते ही समझ जाते हैं, कि पूजने लायक इन मूर्तियों को अमल में लाना घाटे का सौदा है।

कभी इसी शहर में कुतुबखाने में कार-पार्क के द्वार के पास, दायीं ओर उसका बाप रामसिंह गंगवार, मूँग की दाल (मुरादाबादी) और छोले चावल का ठेला लगाता था। इतवार या छुट्‌टी के दिन वह भी उसके साथ आ जाता था। फुर्सत के वक्त बापू उसे मूँगदाल (पतली), खस्ता, अदरक, प्याज, टमाटर के टुकड़े, नींबू, खट्‌टी-मीठी चटनी, लहसून की चटनी, नमक, जीरा, काली मिर्च पड़ा, कुल्हड़ देता। एक कुल्हड़ उसे जाते ही, दूसरा चार-पाँच बजे घर लौटते समय मिलता। कभी-कभी वह मूँगदाल में चावल या छोले भी डलवा लेता। आ हा ... कितना स्वादिष्ट होता था, वह कुल्हड़। उसे अब भी याद आती है तो मुँह में पानी भर आता है।

इतवार की सुबह, वातावरण में अजीब गहमागहमी थी। शायद वहाँ कोई मन्त्री आने वाला था। तभी एक मुच्छड़ दरोगा वहाँ आया, और सारे ढेले वालों के एक तरफ से, पिछवाड़े पर दो-दो बैंत सूतता चला गया। बापू कहता ही रह गया, "हुजूर, माई बाप, हमसे कउनो कुसूर हुई गवा का?" तक वह नवीं कक्षा में पढ़ता था, और तभी उसने कसम खा ली, कि वह बी.ए. पास करके, दरोगा ही बनेगा, ताकि अपने बेटे के सामने उसे पिछवाड़े पर बैंत न खाने पड़ें। तब से उसने सुबह-सुबह दंड बैठक, रेस लगाना व कॉलेज के फील्ड में लोंगजम्प, हाईजम्प की प्रैक्टिस शुरू कर दी थी।

अरमान तो था, उसका दरोगा बनना, लेकिन जिन्दगी है, इसका नाम। 'मेरे मन कछु और है, विधना के कछु और।' तकदीर में कुछ और लिखा था। बापू को बुखार हुआ, डॉक्टर को भी दिखाया, लेकिन चौथे दिन बुखार ऐसा चढ़ा, कि उतरा ही नहीं। बापू के जाने के बाद, उसने जैसे-तैसे बारहवीं पास की। घर का बड़ा बेटा था, छोटी बहिन नवीं, और भाई ग्यारहवीं में पढ़ते थे। अम्मा रोज ठेला तैयार कर देतीं, उसने सोचा दरोगा न सही, सिपाही ही सही, लेकिन नौकरी करनी है, तो पुलिस की ही। करीब चार साल उसने ठेला भी लगाया, उसी बापू वाली जगह पर, लेकिन सुबह की वर्जिश, रेस व जम्प की प्रैक्टिश नहीं छोड़ी। आखिर, दूसरी कोशिश में कामयाबी हाथ लग ही गयी। पुलिस की भर्ती का कागज लेकर, वह अकड़ता हुआ, अपनी माँ के पास जा खड़ा हुआ। उसकी माँ, वैसी ही ममतामयी थी, जैसी आम भारतीय माँ होती है। माँ ने सुना तो उसकी आँखों में आँसू थे, खुशी के आँसू। पहले उसका माथा चूमा, फिर सिर पर हाथ फिराती कहने लगी, "बेटवा रे, तेरी नउकरी लग गयी, हमाई छाती जुड़ाय गयी। अब तो हम हूँ, मौहल्ला में

छाती तान के चलिग्गे, कि हम हैं, सिपाही की अम्मा। तेरे बापू होते तो कित्ते खुश होते? लल्ला अशोक जा मिठाई खरीद ला, दो किलो लड्डू...।'' कहकर छोटे भाई को पैसे थमा दिए थे। ट्रेनिंग को विदा होते समय अम्मा ने कहा था, ''बेटा अपनी सेहत को, खान-पान को ख्याल रखिये। तेरी नउकरी की हमें बहुत खुशी हतै। पड़ोसी रमेश के बापू हतैं पुलिस में। बड़ा गलत पैसा आता है घर में, रंडी भड़ुअन का, चो डकैतन का, हिजडेन तक का पइसा। बेटवा पुलिस को, पइसा बहुत गन्दो।'' सावधान रहियो, बेटा।

उसकी माँ की आदत थी, अच्छे को अच्छा, बुरे को बुरा, मुँह पर कह ही देने की। पिता मृदुभाषी थे, कम बोलते, जितना बोलते, मीठा बोलते। तभी तो ब्राह्मणन होते हुए भी उनका पतीला आम तौर पर छह-सात घंटे में खाली हो जाता था। वह प्राय: घर, खाली पतीला होकर ही लौटते।

बापू गरीब जरूर थे, लेकिन ईमानदारी का कीड़ा, उनक दिमाग में था। एक बार एक ग्राहक ने चालीस रुपये की दाल मँगवाई और एक बड़ा नोट दे दिया। थोड़ी देर बाद वहीं ग्राहक लौटा और बोला कि उसने भूल से सौ का नहीं पाँच सौ का नोट दिया था। बापू ने बेझिझक कहा, ''बाबू, तुमने जो नोट दिया है, वह इस छोटी बक्सिया में है'', खोलने पर वाकई पाँच सौ का नोट निकला, और बाबू ने चार सौ साठ रुपये झटपट गिनाय दिये, वापस।

बाप की तरह ईमानदारी का कीड़ा, उस अभिमन्यु में नहीं था। पहली ज्वाइनिंग देते समय, दरोगा जी से बोला, ''सर, मैं अपना काम पूरी मेहनत और ईमानदारी से करूँगा।'' गब्बर सिंह मार्का मुच्छड़ दरोगा, खूब हँसा, पूरे दो मिनट हँसता रहा, थाने की दीवारें तक हिल गयीं। फिर एक गिलास पानी पीकर उसे थोड़ी देर घूरता रहा, और बोला, ''बेट्टा, मेहनत तो यहाँ सभी करते हैं, पता है, हम अपने होली-दीवाली, रक्षाबन्धन, दशहरे जैसे त्यौहार भी अगले दिन मनाते हैं। सब दस से पाँच ड्यूटी करते हैं, लेकिन हम चौबीस घंटे ड्यूटी करते हैं। चौ-बी-स घंटे। लेकिन ई-मा-न-दा-री, वो भी पुलिस महकमे में...?'' दरोगा सोहनलाल गौतम एक वाक्य में चार-4 गालियाँ देते थे, दो सामने वाले को, दो अपने को, कभी मौसम को कभी पुलिस की नौकरी को, कभी अपने मातहतों को, तो कभी मुलजिमों को।

वह इंटर पास था, हिन्दी अंग्रेजी का ज्ञान ठीक-ठाक था। लिखत-पढ़त का काम सँभाल लिया था। हैड साब राधेलाल चतुर्वेदी ने दूसरे दिन की उसकी क्लास ले ली थी। ''क्यों रे मूरख, ईमानदारी की बात करता है, वो भी 'महकमा-ए-पुलिस' में। ये महकमा और ईमानदारी एक नदी के दो किनारे हैं, रेल की दो पटरी हैं, यहाँ ईमानदारी की फोटो पर, रोज फूलमाला चढ़ाई जाती है, जेठ की तरह इज्जत की जाती है, लेकिन हमारा खसम तो भ्रष्टाचार है। यहाँ ईमानदारी की रट

लगाओगे, तो दो मिनट लगेंगे, नौकरी जाने में।''

उसने भ्रष्टाचार के विरोध में भाषण देना बन्द कर दिया था। हालात से समझौता कर लिया था, गालियाँ देना सीख लिया था। स्टाफ में रिश्वत को लेकर एक दौड़ सदा चालू रहती थी, एक होड़ सी मची रहती थी, कि किसका स्कोर ज्यादा ऊँचा जाय। यद्यपि 'ऊपरी' दौड़ में वह सक्रिय नहीं था, लेकिन उसने मध्यमार्ग अपना लिया था। जो पत्ती मिलती, झट जेब में रख लेता। कभी-कभी तो पत्ती तनखा की कई गुनी बैठती। धृतराष्ट्र की तरह प्रज्ञाचक्षु हो जाने के बाद, उसने सबसे पहले इंटर कराकर, बहन की शादी कराई। भाई बैंक में क्लर्क हो गया, उसकी शादी कराई, फिर अपनी। कुछ सामान दहेज में आया, जैसे—सिलाई मशीन, टी.वी. डबलबैड, अल्मारी, बाकी सामान फ्रिज, मोटर साइकिल उसने खुद खरीद ली। माँ को भी बराबर पैसे भेजता रहा। अब वह अपनी पत्नी, और दो बच्चों की जिम्मेदारी भलीभाँति उठा रहा था।

पुलिस की नौकरी के बाइस साल बीत चुके थे। घरवाली को सोने के दो सैट बनवा दिये थे। एक अपनी बेटी को, दूसरा पत्नी को। बरेली वाले मकान जहाँ माँ रहती थी, उसकी भी कायापलट करा दी थी। सब ठीक-ठाक चल रहा था, तभी थाने में एक बहू जलाने का केस आया। सत्तर प्रतिशत जली हुई बहू, अस्पताल में भरती थी। बहू के मायके वालों ने दहेज उत्पीड़न का केस लगा दिया था। दरोगा राजाराम यादव उसे जाँच में अपने साथ ले गये। (और कोई था, ही नहीं) ससुरालियों ने ऊपर से नीचे तक विभाग को पैसों से तोल दिया था। उसे भी बहत्तर सौ क पत्ती मिली थी। दरोगा जी पहले बहू के सास-ससुर से मिले थे। उनके कान में मन्त्र फूँका, ''अरे बेवकूफो, खाली रुपया लुटाने से कुछ नहीं होता। केस भी बनाना पड़ता है, किले जैसा। सवाल ये है कि जब वह जल रही थी, तो आप क्या कर रहे थे? आपने उसे बचाने की कोशिश की या नहीं?'' तुरन्त सास-ससुर, पति के हाथ थोड़े-थोड़े जलाए गये और डॉक्टरी रिपोर्ट बनवाई, फिर उन्हें गिरफ्तार किया। फिर मायके वालों से मिले और पूरा दिलासा दिया, ''आप लोग घबराओ मत, मैं भी बेटी वाला हूँ। इन दहेज लोभियों की तो मैं माँ...।'' उनसे भी जो दक्षिणा आई, उसकी पत्ती भी, बाईस सौ रुपये उसे मिली। कई साल केस चला। परन्तु पलड़ा ससुरालियों की ओर झुका था, इसलिए केस कमजोर रहा। कोर्ट के सामने स्पष्ट हो गया, कि सास-ससुर और पति ने जलती हुई बहू को बचाने का भरपूर प्रयास किया। इस प्रयास में उनके हाथ भी जल गये, यथासम्भव उसे अस्पताल भर्ती कराया। कोर्ट ने इसे हादसा माना। दहेज उत्पीड़न का कोई स्पष्ट सबूत मायके वाले, प्रस्तुत नहीं कर सके। सबूतों के अभाव के कारण ससुराल पक्ष बाइज्जत बरी हो गया। बचाव पक्ष खुशियाँ मनाने में व्यस्त था, तभी बहू की माँ

जानकी अग्रवाल रणचंडी रूप में प्रकट हुई। सबसे पहले अपने मान्यवर समधी का गिरेहबान पकड़ा, ''कढ़ी खाए (ब्रजभाषा का मुर्दाबाद), हरामखोर, अपनी बिटिया की शादी तो करैगो ही तू। मेरी फूल सी बिटिया जलाय के मार दीनी। वाकी लाठी बे आवाज होवे हैं। मेरी हाय लगेगी तोय, याद रखिये। जा तेरो सत्यानाश जायगो।'' फिर पुलिस वालों को जलती निगाहों से देखा, कोर्ट के सामने वाले लान में, पालथी मार कर बैठ गयी। अस्तव्यस्त बाल, अस्तव्यस्त साड़ी, बड़े-बड़े स्तनों की परवाह न करते हुए, वह लगातार अपनी छाती पीट रही थी।'' अरे जिन पुलिस वालेन ने ऊ दोनों तरफ से पैसा खायो है। हे राम जी, हे हनुमान बाबा, हे किसन कन्हैय्या, इनके साथ ऊ एसो ई होय। इनकी आस-औलाद के साथ ऊ एसोई होय। अरे, मेरी फूल जैसी बच्ची खाय गये, सब मिलके। अरे, इनको सत्यानाश जाय...सड़-सड़के मरें...राम करे, कीरा परैं इनके।''

कई दिन...कई दिन तक उसके मन-मस्तिष्क में जानकी अग्रवाल की तस्वीर छाई रही। बड़े-बड़े बाल फैलाए, दोनों हाथों से छाती पीटती हुई...। उसे बार-बार माँ का कहा याद आता कि पुलिस वालेन के घर गन्दा पैसा आता है, गन्दा पैसा दो गुना लेकर टलता है। ईश्वर की कृपा से घरवाली बहुत समझदार थी। उसे समझाती, उदासी दूर करने का प्रयास करती। बंटी के पापा, ''मेरी बंटी और अन्नू की जिम्मेदारी तुम्हारे ऊपर हैगी। सँभालो अपने आपको।''

लाखों कोशिशों के बाद भी रात को नींद नहीं आती थी। जानकी अग्रवाल की तस्वीर, छाती पीटती, कोसती, बद्दुआ देती, तस्वीर। फिर एक दिन जैसे उसकी बद्दुआ फल गयी। बारहवीं में पढ़ती उसकी बिटिया अनुराधा, रात एक बजे से उल्टी-दस्त होते रहे। चार बजे तक उसने माँ-बाप को नहीं जगाया। उसके बाद वह उसे पास के नर्सिंग होम में ले गया, परन्तु तब तक देर हो चुकी थी। बाप के कन्धे पर बेटी की अर्थी थी। टूट कर रह गया था, अभिमन्यु। दो दिन बाद यादव जी दरोगा का जवान बेटा, मोटर साइकिल एक्सीडेंट में मारा गया। थाने का सारा स्टाफ हिल गया था। स्टाफ में दहशत थी, कि जानकी की बद्दुआ पत्थर को भी फोड़ सकती थी।

अनु के जाने से अभिमन्यु तो उदास रहने लगा था, माधुरी भी बीमार रहने लगी थी। जीवन के प्रति उत्साह ही नहीं रहा। कभी माधुरी के साथ रोज रात को कबड्डी खेलता था। इन दिनों तो महीने में कभी मौका लगता था। कभी दम तोड़ती अनु तो कभी बद्दुआ देती जानकी दिलो दिमाग पर छा जाती और वह राम जी, हनुमान जी, किशन कन्हैय्या सबसे यही सवाल करता, मेरे साथ ही ऐसा क्या?...मेरे साथ ही...।

रोज की तरह रात के आठ बजे बोतल और नमकीन सजे थे लेकिन अभिमन्यु

उदास था। अन्नू का चेहरा, आँखों के आगे नाच रहा था। बाप की लाड़ली थी। ड्यूटी से लौटते ही, पहले कमर पर वही लद जाया करती। फिर बद्दुआ देती जानकी सामने आ गयी थी, जिससे वह मन ही मन कह रहा था तेरा हो गया कलेजा ठंडा, खा गयी हमारी बिटिया को...।'' पंडित राधेलाल सारस्वत हैड कांस्टेबल लम्बे चौड़े दानवाकार, सिर खल्वाट बड़ी गलमुच्छों वाली मूछें। उसकी पीठ पर धौल जमाकर बोले, ''चौरे लल्लू गैंगवार, तू तो है, गैंग-वार...तेरी कहाँ चली गयी धार। चल तोय आज जन्नत दिखाय लाऊँ। आसा बलाय दिन से पीछे पड़ी है। देख, लल्लू कभी जा थाने में राजी-राजी, रोज कबड्डी खेली जाय थी। न जाने कितनी सावित्री, अपने सत्यवान को बचाने को, खुशी-खुशी अपनी इज्जत दाँव पे लगा देती थीं। जब से लेडी पुलिस की भर्ती शुरू हुई गयी, तो समझो घर के मामले घर में ही सुलट जाय हैं। थाने में बलात्कार की घटना अब एक तिहाई भी नहीं कर गयीं। बाकी औरत की जात तो नींबू की तरह जितनी कस के निचोड़ौ, उतनी ज्यादा मजे देती हैं। चल बेट्टा, तोय जन्नत की सैर कराय देऊँ।''

और तीन-तीन पैग लेने के बाद वो दोनों, लाइन पार वैश्याओं की बस्ती में आ गये थे। आसा के अड्डे उर्फ जन्नत में पाँच-पाँच हूरें लाइन से खड़ी थीं। पंड्डी जी ने मनपसन्द माल पर हाथ रखना चाहा, तो आशा बोल पड़ी, ''अरे दान-दक्षिणा कैसे? हमको तो स्टाफ समझ ले।''

''पंडी जी पालागन, हुजूर, कुछ दान-दक्षिणा दै जाते।'' पंडी जी ने चकित हो उसकी ओर देखा, ''अरे महाराज, आप तो महीना भर में पधारे, लेकिन आपके दरोगा जी, और दो तीन सिपाही तो, रोज आवत हैंगे। फिर थाने का नजराना तो महीने के महीने पहुँच ही जाय है। कछु इनाम, उनाम, चाय पीने के दे जाते।'' हैड साब ने पहले आशा को ऊपर से नीचे देखा, ''देख री आसा, एक तो जात के बाम्हन, ऊपर से पुलिस वाले। दुनिया की दक्षिणा हम हजम करते हैं, तू हमसे ही दक्षिणा माँग रही है। ऐसो कर अब तू चल हमारे संग, वैसे भी हमें तन्दरु स्त लुगाई, अच्छी लगै है। तू हमाई हम-ऊमर ऊ हतै।'' कहकर पंड्डी जी से काली, छोटी, और मोटी आसा को गोद में उठाकर चल दिये। ''देखो पंड्डी जी! प्रेम मुहब्बत अलग, धन्धा और व्यवहार अलग, अब कान खोल कर सुन लो दो जनो के साथ एक बार 'बैठने' के सौ-सौ रुपये होंगे।''

''स्टाफ के नाते ले, तू भी, क्या याद करेगी? लाला गैंगवार तेरे बट के पइसा भी, मैंने दे दए।'' कहकर पंड्डी जी ने एक सौ का नोट आसा को नजर कर दिया।''

''ए बाँके सिपहिया, तनिक हमरी ओर भी देख ले।'' कह कर एक मुँह जोर लड़की अपना आँचल उघाड़े, उसे बराबर छेड़ रही थी। उस लड़की के साथ गया

अभिमन्यु उसका साथ भी दिया, लेकिन कानों में अम्मा के शब्द गूँजते रहे। ''बेटवा पुलिस की नउकरी, जैसे काजर की कोठरी। बहुत गन्दा पैसा, रंडी भड़ुए, चोर डकैत, हिजड़न तक का पैसा।'' चलते समय उसने एक सौ का नोट उसे इनाम दिया, तो उसने दायाँ गाल चूमते हुए कहा, ''आते रहियो, रे बाँके सिपहिया।''

उसे याद आया, हिजड़ों का नया सरदार, दरोगा जी के सामने हाजिरी दे रहा था, और नजराने के साथ कह रहा था, कि उसके लायक कर सेवा हो तो हुकम दिया जाय। तब भी उसे अम्मा का कहा याद आया था, ''गनदा पैसा...गन्दा पैसा।''

भगवान की दया से घरवाली बहुत अच्छी मिली थी, अभिमन्यु को। उसके सुख-दुख की साथी थी, उसके दुखदर्द का मरहम थी। गोरी-चिट्टी, जापानी गुड़िया जैसी।

पुलिस की नौकरी के चौबीसवें साल, एक केस आया चार साल के बच्चे की गुमशुदगी का। करीब नब्बे बीघे जमीने के तीन हिस्सेदार थे। जिनमें एक थी, उस बच्चे की बत्तीस वर्षीया विधवा माँ। पुलिस मोटा पैसा खाकर अभियुक्तों के पक्ष में हो गयी थी। गुमशुदगी की रिपोर्ट भी चौथे दिन बमुश्किल दर्ज हुई थी। विधवा माँ ने भले ही गुमशुदगी की रिपोर्ट लिखाई थी, परन्तु उसे पक्का शक था, कि उसका बेटा कत्ल कर दिया गया है। बहरहाल, अभियुक्त पक्ष की ओर से उसे आठ हजार पाँच सौ की पत्ती आई थी और पीड़िता की ओर से मात्र तेईस सौ की। पुलिस ने मामला ठंडे बस्ते में डाल दिया। वह महिला जब भी आती, तो उसे बहला दिया जाता कि तलाश हो रही है, जैसे ही कोई सुराग लगेगा, उसे बताएँगे।

साल भर बीत गया, उस महिला का मौसेरा भाई केन्द्र सरकार में अफसर था। उधर से जोर लगा सी.आई.डी को मामला गया। पट्टीधारों (हिस्सेदारों) के घर सटे हुए थे, बच्चा खेलता हुआ अभियुक्तों के घर पहुँच गया था। उसे मारकर, लाश उसी घर में, अनाज की कोठरी के फर्श में गाड़ दी गयी थी। खोदने पर बच्चे का कंकाल मिला। थाने वालों को भी थोड़ा बहुत दिया था, इसलिए वह औरत अपने भाई के साथ थाने आई, जानकी की तरह उसने भी थाने की बैंच पर बैठ कर, सारे पुलिस वालों को जी भर के कोसा, वैसे ही छाती पीट-पीट कर। उसके शब्द भी दिमाग में गूँजते ''कढ़ी खाए, सड़-सड़ के मरेंगे, सत्यानाश जाएगो।'' दिन रात डर सताता, एक अन्नू को खा गयी, दूसरी घरवाली को खा जाएगी।

जिले में एक ईमानदार अफसर आ गया था। शहर उसी समय दंगों से त्रस्त था। उसने आते ही ताल ठोंक दी थी, ''या तो मैं उस शहर को छह महीने में सुधार दूँगा, या ट्रांसफर ले लूँगा।'' दोनों पक्षों के सौ-सौ हिस्ट्रीशीटरों की लिस्ट बनवाई। महेन्द्र डैडी दिन दहाड़े गोली से उड़ा दिए गये, और साबिर नामक एक दबंग बीच बाजार में दोपहर दो बजे अगवा कर लिया गया। कप्तान साहब कहते थे, कि दंगे तो

यही लोग कराते हैं। बाकी पब्लिक तो पिछलगगू बन जाती है। उन्हीं कप्तान साहब ने ट्रक कंडक्टर का भेष धरा और एक रात में करीब तीस पुलिस वाले पकड़े। दूसरे दिन दैनिक अखबारों में रिपोर्ट छपी। फलाने राम-5 रुपये, फलाने सिंह-2 रुपये। बूँद-बूँद से भरे सरोवर। अभिमन्यु खुश रहने लगा था।

हैड साब ने समझाया था कि महकमा-ए-पुलिस में, ईमानदारी फोटो फ्रेम पर माला चढ़ाने की होती है। तुम्हारे कप्तान साब, बगुला भगत हैं, बड़ी मछली के शिकारी...।

एक दिन कप्तान साब के कार्यालय के सामने भाषण दे रहा था। ''भाईयो पुलिस, पैसे खाकर हत्या को आत्महत्या बता देती है, और आत्महत्या को हत्या। सैकड़ों बलात्कार, चोरी, डकैती करने के बाद भी, अपराधी छाती तान के घूमता है।'' कप्तान साहब बाहर निकले, जीप रुकवाई, उसने सैल्यूट मारा, ''सर माय सैल्फ, अभिमन्यु सिंह गंगवार, सिपाही सं. 137, 744 भ्रष्टाचार निरोधक सेल। कप्तान साहब मुस्कराए उसे शाबाश कहा, जीप में हो गये सवार। दूसरे दिन अनुशासन हीनता व दुर्व्यवहार के अपराध में उसका डिसमिसल आ गया थ।''

आजकल वो बरेली शहर में अपनी ड्यूटी कर रहा है। कानपुर में थोड़ी हड़ताल होने के कारण बहरा हो गया है। दिन में चलता है, तो अपने साए को देख-देखकर चौंकता है। ''ए जानकी कालर छोड़, ममता ले अपने तेईस सौ वापस ले लो। ऐ साली कालर छोड़ हरामजादी...कालर छोड़...। मेरी अन्नू को खा गयी...खबरदार जो पीछे आई।'' ट्रैफिक कन्ट्रोल करते समय वह प्रायः बड़बड़ाता रहता है।

आपको पता है, उसके पिता का नाम अर्जुन सिंह नहीं था, फिर भी उन्होंने उसका नाम अभिमन्यु क्यों रखा? शायद उसे पुलिस नौकरी के चक्रव्यूह में घुसना तो आता था, निकलना नहीं।

काले की शादी

कोई काले रंग का पंजाबी, और उसकी आँखों की पुतलियाँ कुछ हरी, कुछ नीले रंग की हों, तो उसे दुर्लभ कहेंगे ना, आप? मैं उसे 'स्पेशल पंजाबी' कहूँगा। जी हाँ, मैं कैलाश चन्द्र टंडन उर्फ काले की बात कर रहा हूँ।

बात आज से करीब तैंतीस वर्ष पहले की है, जब में पहली बार उससे मिला था। वह कोई गैर नहीं, मेरे सहयोगी, व मेरे अभिन्न मित्र अरुण कुमार श्रीवास्तव का साला था। अरुण, जो कभी श्याम नगर मुहल्ले की इस छोटी सी बन्द गली के मकान में बाहर वाले कमरे में, बतौर किराएदार रहता था।

काले के पिताजी सेठ पूरनचन्द्र टंडन, कभी शहर में, दो पोटलियों के साथ आए थे। धीरे-धीरे रेलवे क्रासिंग के पास, तम्बाकू की थोक की दुकान खोली। एक जमाने में उनके ठाट-बाट थे, शहर में पक्का मकान, काली शेवरले गाड़ी, नौकर-चाकर थे। काले, उनकी साठ साल में पैदा, बुढ़ापे की औलाद था। इसलिए जैसे पुरानी बाल-कथाओं में किसी प्रेत या जादूगर की जान एक तोते में बसती थी, वैसे ही काले के माँ-बाप की जान, काले में बसती थी। 'क्या करेगा'? इसका क्या होगा? यही सोच-सोच कर मरे, दोनों। भाग्य की विडम्बना, काले दस साल का था, पिता के कारोबार में घाटा शुरू हो गया। एक तो हुक्के वाले तम्बाकू का चलन नहीं रहा, लोग सिगरेट, बीड़ी के दीवाने हो गये, किसे फुर्सत थी कि चौपाल में बैठ कर हुक्का गुड़गुड़ाए, ऊपर से उधारी में पैसा डूब गया। पहले शेवरलेट बिकी, फिर नौकर-चाकरों की छुट्टी हुई। सेठ पूरन चन्द्र घाटे के गम में, शराब में डूब गये। काले बारह साल का था, लिवर सिरेसिस से पिता चल बसे।

बाल स्वभाव का था, काले। पढ़ाई में कमजोर। फंडा था, उसका, सोचना ज्यादा, काम कम। सोचना तो, शेखचिल्ली की तरह। ख्वाब बहुत ऊँचे, लेकिन कर्म मे नाम पर, काम के न काज के दुश्मन अनाज के। सारा दिन टेप पर पुराने फिल्मी गाने और गजलें सुनते बीत जाता, कभी-कभी पूरा दिन घूमते-फिरते, मटरगश्ती करते बीत जाता। बैठा-बैठा सोचता, कम-से-कम मेहनत से ज्यादा-से-ज्यादा पैसे

कैसे कमाया जाए अर्थात लाटरी का टिकट लिया जाए। फिर दिन रात लाटरी के टिकट खरीदने की धुन रहती।

काले की तीन साल बड़ी बहन थी, रजनीबाला उर्फ रज्जो, एक सात वर्ष बड़ा भाई था, अशोक उर्फ डब्बू। रज्जो इतनी जिम्मेदार टाइप थी, कि एम.ए.बी.एड. करने के बाद अपनी तनखा से, अपने परिवार के खर्च चलाने का प्रयास करती। प्राय: सारे-सारे दिन पलँग पर पड़े-पड़े गाने और गजलें सुनने वाले काले को भी कभी झुँझलाकर, कभी डाँट-डपट कर समझाती थी, "भईया मेहनत से पढ़, समय बर्बाद मत कर, बिजनेस लायक पैसे घर में है नहीं, पढ़-लिख जाएगा, तो अच्छी सर्विस लग जाएगी। परन्तु काले तो काले था, इस कान से सुनता, उस कान से निकाल देता। दरअसल, साल साल बड़ा भाई भी था लेकिन माँ को उसी पर भरोसा था। मरने से पहले माँ ने उसके हाथ में, काले का हाथ दे दिया था।" मैं अपना काले तुझे सौंपे जा रही हूँ, भाई नहीं, इसे बेटा समझियो। उस जमाने में पचपन हजार के एन.एस.सी. और अठारह तोले सोने के जेवर, उसकी बहू को चढ़ाने को, अलग रख गयी थी काले की बेबे।

बात सन अठहत्तर की है, मेरा मित्र व सहयोगी अरुण कुमार श्रीवास्तव, जो लखनऊ का रहने वाला था, उस मकान के बाहर वाले कमरे में, रमेशचन्द्र वाजपेयी के साथ बतौर किराएदार आया था। बाहर के किराएदारों के साथ लैट्रीन बाथरूम कॉमन थे। इतवार के दिन सिर धोकर बाल सुखाती रज्जो की आँखें कमरे में वर्जिश करते अरुण से चार हो जाया करती थीं। बाथरूम में कौन जल्दी घुसे? कौन देर तक घुसा रहा? आदि मुद्दों पर कभी-कभी जमकर बहस या चकल्लस हो जाती थी। इसी बहस में एक बार रज्जो कह गयी, हुआ करें मर्दों का जमाना, मैं तो ऐसे मर्द से शादी करूँगी, जो घर का पानी भरेगा। अपनी मुट्ठी में रखूँगी उसे, उंगलियों पर नचाऊँगी।

अरुण बचपन का जिद्दी, पंगा लेना उसकी आदत थी, यह सुनकर उसने ठान लिया कि शादी करनी है, तो इसी लड़की से। इसका गुरूर न तोड़ा, तो मैं अपने बाप की औलाद नहीं। शादी करूँगा और नाचूँगा नहीं, इसे नचाऊँगा वो भी उंगलियों पर। प्रेमपत्रों का ताबड़तोड़ आदान-प्रदान हुआ। इश्क-मुहब्बत से दोनों गले तक डूब गये। काले, इस प्रेम-प्रसंग का कासिद बना, दोनों ओर से दस रुपये प्रति पत्र, ब्लैक के वसूले, किसी-किसी चिट्ठी पर तो भरपेट गुलाब जामुन या गोल-गप्पे, ओवर टाइम के तौर पर।

कहावत है, कि इश्क और मुश्क छुपाए नहीं छुपते। मुहल्ले के पंजाबियों में हल्ला हो गया कि लखनऊ का एक लड़का, वह भी किराएदार, जात का कायस्थ

(हिन्दुस्तानी), पंजाबी कुड़ी को लेकर भागने वाला है। मुहल्ले के दबंग पंजाबी बन्दे, जिनमें रज्जो के चाचा, चाची भी थे ने, एकजुट होकर कमरा घेर लिया, और लगे अरुण को ललकारने, ''ओ ऐ श्रीवास्तव, ये शरीफों का मुहल्ला है, शरीफों का। अब निकल बाहर और कह कि रज्जो को बहन मानता है, और अपना सामान उठा कर दफा हो जा। खाली कर कमरा अभी।'' अरुण ने भी कमरे की खिड़की खोल कर गालियाँ दीं और बोला, ''नहीं जाता। क्या कर लोगे?'' काले ने देखा कि पाँच-छह लड़कों के पास ईंट पत्थर हैं, हाकियाँ हैं। काले जो गले-गले तक इस मामले में अपनी बहन के साथ था, बोला, ''जीजी, तू कोई बहाना बनाकर निकल जा, और चौकी से पुलिस बुला ला।'' रज्जो दूध लाने के बहाने घर से निकली और चौकी में रिपोर्ट कर दी, कि हमारे किराएदार को कुछ गुंडों ने घेर लिया है। उधर लगातार गालियों से उत्तेजित होकर अरुण कमरे का दरवाजा खोल कर खड़ा हो गया। ''सालों, अकेले से लड़ने इतने लोग चले आए, आओ हिम्मत हो तो मारो।''

रज्जो की चाची मोटी अधेड़ औरत थीं, अपने हाथ का अद्धा अरुण की ओर मारा, अरुण ने कैच करके वापस चाची की ओर मारा जो चाची की कमर में लगा और चाची, ''हाय मार डाला'' कह कर बैठ गयी। चाचा गुमचोट देख कर आयोडेक्स लाने भाग गये। लड़कों ने कहा कि वह पुलिस बुलाएँगे, लेकिन तब तक पुलिस आ गयी और भीड़ तितर-बितर हो गयी। पुलिस का सिपाही, उल्टे चाची को डाँट पिला गया।

बिरादरी/मुहल्ले का विरोध इस प्रकार समाप्त हुआ और फिर मियाँ-बीबी राजी तो क्या करेगा काजी? अरुण के एक और सहयोगी मित्र थे, इशरत रब्बानी। उसकी बहन का बुर्का पहन कर रज्जो कोर्ट आ गयी। कोर्ट वाली शादी हो गयी, लेकिन तीन महीने गुप्त रखी गयी। पूरे प्रकरण में काले ने दीदी का पूरा साथ दिया, कोआर्डिनेटर का रोल अदा किया।

बहन की शादी निपटते ही काले ने बहन पर अहसान कर दिया। ''देखो जीजी, मैंने तुम्हारी शादी में मदद की, तुम भी मेरी शादी करवा देना, एक खूब सुन्दर लड़की से।'' दरअसल, जैसे माँ को काले की शादी का शौंक था, काले को भी चाँद सी दुलहन का बड़ा शौंक था। भले ही कोई लड़की का बाप उसे अपना दामाद बनाए न बनाए, उसे तो शौंक था। पड़ोस में रहते थे, रमाकान्त अवस्थी जिनकी इकलौती बिटिया थी, सरिता। गोरा रंग, कुछ बोलती सी आँखें, रसघोलते से होंठ, सुघड़ नासिका, सुघड़ शरीर जैसे सरिता में बाढ़ आई हुई हो। एम.ए. तक रज्जो के साथ पढ़ी थी, दोनों पक्की सहेलियाँ थीं। अवस्थी एक दवा कम्पनी में सेल्स रैप थे, हफ्ते में तीन-तीन दिन टूर पर रहते थे। सरिता का घर सटा हुआ था, वह अपने

आँगन से आवाज देकर काले को बुला लेती। प्राय: सरिता के साथ एक ही बैड पर वह सो जाता था। कभी-कभी बाथरूम से अपनी गोरी बाँह निकालकर चिल्लाती, ''अरे काले जरा तौलिया तो दीजियो'' कभी कहती, ''जरा मेरा सूट तो पकड़ा दीजियो'' सूट के अन्दर की तह में उसकी ब्रा और पैंटी होती, जिसे देखकर उसके हाथ काँप जाते। साँस फूलने लगती। एक दिन तो दरवाजे की सनद से उसे सरिता का एक स्तन भी दिखाई दे गया था। कई दिन रोमांचित रहा था, काले।

एक और विशेषता थी सरिता की, वह थी, हर वक्त मुस्कराने की। यूँ कहिए कि उसका चेहरा भी 'स्माइलिंग' था। कालेज में मुस्कराती रहती। लड़के समझते उसे देखकर मुस्करायीं आमतौर पर लड़की की हँसी या मुस्कराहट का अर्थ, यार लोग एक ही लगाते हैं, 'हँसी तो फँसी'। लड़के उसकी इसी मुस्कराहट से गलत-फहमी में पड़ जाते थे। आपस में झगड़ते, कि मुझे देखकर हँसी थी, नहीं मुझे देखकर हँसी थी।

कब हुआ? कैसे हुआ? पर हो गया। अपने से तीन बरस बड़ी, बड़ी बहन की सहेली से उसे प्यार हो गया। गले-गले तक सिर-डुबाऊ इश्क हो गया। क्या रात क्या दिन, हर समय सरिता का ही ख्याल। अपनी ही धुन में रहने वाला बच्चा था। सोचता तो शेखचिल्ली से भी आगे। बाप से बड़ा बिजनेसमैन बनना चाहता, कार, बंगला, सुन्दर पत्नी, सुन्दर बच्चे सब थे, उसके सपनों में। लेकिन कर्म के नाम से नानी मरती थी। बस यहीं मार खा जाता था, हिन्दुस्तान। वह ऐसा हिन्दुस्तान था, जो अमेरिका बनने के सपने देखता था, लेकिन कर्म के नाम पर, मुर्गी का अंडा या पाकिस्तान।

मैं अरुण से मिलने प्राय शाम को ही जाता था। शाम को उसके घर प्राय: मुहल्ले के आठ-दस बच्चे इकट्ठे रहते। रज्जो का शौंक था, बच्चों की महफिल जुटाने का। दो बार लगातार ऐसा हुआ कि गली के मोड़ पर एक गोलेवाला मिल गया, और मेंने दस ग्यारह गोले के टुकड़े बच्चों में बाँट दिए। बच्चे तब से मुझे 'गोले वाले भाईसाहब' और काले मुझे 'गोले वाले जीजा' कहने लगा था। तो उसकी शादी का शौंक, उसकी माँ को ही नहीं, उसे बहुत था। सफेद घोड़ी पर चढ़ कर जाऊँगा, मीना कुमारी, मधुबाला, सायरा बानू सी सुन्दर होगी, मेरी बहू। जीजा-साले में मजाक चलती, तो अरुण कहता 'देख काले, तेरी शादी होगी तो दहेज तू ले लेना, और बहू मैं रखूँगा। तेरी जीजी को रखता हूँ, एक और सही।' रज्जो बीच में कूदती ''वाह श्रीवास्तव जी, बड़े चालू हो, इस बेचारे को दहेज में, एक साइकिल, एक डबल बैड और एक बक्सा मिलेगा ज्यादा से ज्यादा, ऊपर से बहू तुम ले लोगे, बड़े सयाने हो, नां, फिर ये क्या घुइयाँ छीलेगा। काले बचाव करता, अच्छा, 'ठीक

है, जीजा आप दहेज ले लेना और बहू मेरी होगी।' अरुण रज्जो को चिढ़ाता, ''हाय माँ–बाप के कहने से शादी करता तो मोटा दहेज मिलता। यार, तेरे साथ लव मैरिज में फँस कर लुट गया। खैर, चलो काले का ही दहेज सही। ऊँट के मुँह में जीरा ही सही।''

एक बार काले की शादी को लेकर जीजा साले में चुहल चल रही थी, ''तो काले रज्जो से बोला, ''देखो जीजी साफ सी बात है, मैंने तुम्हारी शादी में मदद की, अब तुम मेरी शादी कराओ।'' जीजा से तय हो गया है कि दहेज वो खाएँगे और बहू मेरी होगी।'' तभी जीजा बीच में टपक पड़े, ''अबे तूने शादी में मदद की तो दस–दस रुपये एक लैटर के डकार गया, साथ में गुलाब जामुन और गोलगप्पे भी। बेटा ले दे कर थर्ड डिवीजन में इंटर किया है, चपरासी की नौकरी मिलेगी। तू रिजर्वेशन वाला होता तो शायद क्लर्की मिल जाती। वैसे भी बड़े बिजनेस लायक पैसा नहीं है, छोटा तू करेगा नही। तुझ जैसे ठलुए को भला कौन देगा, अपनी लौंडिया? साले–काले पंजाबी।'' बात काले के दिल पर लग गयी। आँखों से गंगा–जमुना बह निकली। रज्जों ने पहले अरुण की खबर ली, ''तुम्हें मालूम है कि दिमाग से बच्चा है, ये। चलो हटो, बाहर घूम आओ।'' फिर काले को पुचकारा, ''अरे पागल, तू कोई छोटा–मोटा काम ही शुरू कर दे। पिताजी भी जब पाकिस्तान से आए थे, तो घूम–घूम कर तम्बाकू, बीड़ी वगैरा बेचा करते थे, फिर पक्की दुकान हो गयी। देख तू कुछ काम कर, कमाते हुए लड़के की शादी अपने आप हो जाती है। जब लड़की वाला भी तो देखता है, कि जिस घर में लड़की दे रहा है, वहाँ लड़की भूखी न मरें। आराम से, सुख से रहे।''

दूसरे दिन रात को अवस्थी जी टूर पर गये थे, काले को सरिता दी ने बुला लिया था। उसे उदास देख, सरिता ने पूछ लिया, ''क्या हुआ तुझे? चेहरे पर बारह क्यों बजे हैं? बालमन वाला काले, हल्के से धक्के से बाँध टेट पड़ा? सैलाब सा आ गया। काले घुटनों में सिर देकर रो पड़ास जार–जार। सरिता के बार–बार गले लगाकर पुचकारने पर बोला, ''मैं बारहवीं पास थर्ड डिवीजन ठलुआ, न सूरत न शक्ल, बदसूरत हूँ। न कोई नौकरी न कारोबार, मैं काला पंजाबी, कौन करेगी मुझसे शादी?'' सरिता नेएक बार फिर गले लगाते हुए कह दिया था, ''अरे कौन कहता है, तुझे बदसूरत। तेरा रंग काला नहीं, साँवला है। राम और श्याम दोनों साँवले थे, राम कोटि कामदेवों को लजाने वाले थे, और कृष्ण, जहाँ जाते थे, लोगों को आकर्षित करते थे। उनकी वंशी की तान पर गोपियाँ दौड़ी चली आती थीं। मैं करूँगी, तुमसे शादी। मैं करूँगी।'' उस नाजुक नर्म आलिंगन को, उन शब्दों को, काले जिन्दगी भर नहीं भुला पाया। जब तक जिन्दा रहा, वो शब्द उसके दिलों–दिमाग पर पत्थर की लकीर हो गये।

फिर एक दिन सरिता दी की शादी तय हो गयी। शादी की गहमा-गहमी शुरू हो गयी थी। सरिता ने पूछा, "अरे, ए अब तेरे चेहरे पर बारह क्यों बजे हैं?" तो उसने अपने को दिया वायदा याद दिलाया। सुनकर सरिता पहले बहुत देर तक हँसती रही, "अरे मेरे भोले शंकर, मजाक भी नहीं समझता। तू मेरे छोटे भाई जैसा है। मेरी सहेली का छोटा भाई है। भगवान जानता है, मेरा दिल एकदम साफ है। तेरे दिल में में कोई मैल हो, तो धो ले। मैंने वो बात तेरा दिल रखने के लिए कह दी थी, तूने उस बात का 'फिक्स डिपाजिट' कर दिया। खैर, तू मन लगाकर अपनी दुकान सँभाल, अपनी उमर की लड़की से शादी कर।" और फिर सरिता दी की शादी हो गयी। सरिता के अलावा रज्जो को काले का राज उजागर हुआ तो वह माथे पर हाथ मारकर बोली, "हाय री किस्मत, बच्चा था, तो कहता था, कि बेबो से शादी करूँगा, अब तो बच्चा नहीं रहा। तेरा दिल रखने को उसने कह दिया होगा। वह हमेशा सच बोलती है। उसका दिल साफ है, तुझसे तीन साल बड़ी है। तेरी बड़ी बहन की सहेली है, तेरी बहन जैसी है।" काले ने अपने आप को सँभाला। बढ़-चढ़कर बारातियों का स्वागत किया। भाग-भाग कर शादी का काम किया। दीदी से परचून की दुकान खोलने की इच्छा जाहिर की। संयोग की बात, बीस हजार की पगड़ी पर, मेन गली में एक कोठरी मिल गयी। करीब दस हजार का सामान रज्जो ने उसमें सजा दिया। पाँच तरह की दालें, मसाले, साबुन, तेल, ब्रेड, नमकीन वगैरह। रज्जो ने उसके दिमाग में एक सूत्र भर दिया "कमाऊ लड़के की शादी खुद-ब-खुद हो जाती है। सरिता, शादी के करीब डेढ़ साल बाद मायके आई तो उसके चेहरे की सदाबहार मुस्कराहट गायब थी। पति परमेश्वर शक्की स्वभाव के थे। जिससे भी मुस्करा कर बात करती, उसी पर शक करते। ससुराल एक बार अकेले जाकर इन्क्वायरी भी कर आए थे, और उसे चरित्रहीन घोषित कर दिया। उस पर नित नए अत्याचार होने लगे।"

काले अपनी दुकान पर बैठा गाने और गजलें सुनाता रहता और अमीर आदमी बनने का अपने पिता से भी बड़ा सेठ बनने का, सपना बुनता रहता। कभी-कभी ग्राहक भी निपटाता। काले अपनी दुकान ऑफिस की तरह दस बजे खोलता, छह बजे बन्द कर देता। जबकि ब्रेड, दूध, मक्खन की बिक्री तो सुबह ही ज्यादा होती थी।

तीन साल बाद सरिता की ससुराल से खबर आई, 'सरिता सीरियस कम सून'। अवस्थी जी भागे-भागे पहुँचे उन्हें सरिता की लाश मिली। लाश पर नीले निशान थे। दरोगा उनका पुराना साथी निकला, रिपोर्ट दर्ज हो गयी। सरिता के पति जेठ, सास-ससुर गिरफ्तार हो गये। अवस्थी जी ने लाश का संस्कार वहीं कर दिया। अन्तिम संस्कार` बाद अवस्थी जी, जी भी कर रोए। कई दिन शराब पिए घर में पड़े

रहे। सारा मुहल्ला उनके घर दिलसा देने आया। "अब किसके लिए जिऊँ।" नशे में यही बड़बड़ा रहे थे।

काले से सबने कहा कि सरिता इस संसार में नहीं है, परन्तु उसे विश्वास नहीं हुआ। उसे मुस्कराती हुई सरिता दिखार्द देती। मुस्कराती हुई, दोनो बाँहें पसारे हुए। कैसा था वह नर्म-नाजुक आलिंगन, उसे ज्यों का त्यों याद था। उसे याद थी, उससे कहती सरिता, "मैं करूँगी तुमसे शादी...मैं।" सरिता की मौत की खबर सुनकर वह रोया नहीं था, हँसा था, ठहाका मार कर हँसा था। काले को यह खबर बिजली का झटका थी। बिजली का झटका, जो पागल को बड़े से बड़े पागल को, ठीक कर देता है, कभी-कभी उल्टा भी होता है। दुकान पर बैठता तो फिल्मी गानों और गजलों को पर ज्यादा ध्यान रता, ग्राहकों पर कम। गाना या गजल पूरी होने के बाद ग्राहक को देखता। आधे ग्राहक यूँ ही भाग जाते। कभी सफेद धोती कुर्ता पहन कर चबूतरे पर खड़े होकर भाषण झाड़ता। कभी एक बड़ा सा चिमटा बजाता, गेरु ए वस्त्रों में 'सब छोड़ के झगड़े दुनिया के' अब वृन्दावन को जाना है, गाता गली-गली घूमना।

सरिता भले ही उससे तीन बरस बड़ी थी, लेकिन उसकी नजर में संसार की सबसे सुन्दर युवती थी। प्यार अगर सोच समझ, देख-भाल कर होता तो, यह नहीं होता। उम्र में बड़ी, जाति की ब्राह्मण, उससे ज्यादा पढ़ी-लिखी। उन्होंने भले ही कह दिया था, कि उनका दिल साफ है, लेकिन काले का दिल तो एकदम काला था। उसे तो अब भी ऐतबार था, कि सरिता दी आएगी, किसी दिन अपना वायदा निभाएगी। इसलिए उनसे मिलती-जुलती जो लड़की दिखाई देती, उसे गले लगाने चल देता, काले। दरअसल सरिता एक मोटा तना थी, और काले अमरबेल। अब वह तना नहीं रहा था, परन्तु अमरबेल इस पर विश्वास नहीं कर रही थी।

अलीगढ़ की नुमाइश के क्या कहने? हसीनों का मेला लगा था, काले को लगा, जैसे यही है, सरिता दी, मुस्कराती हुई, बाँह पसारे खड़ी है। उसने उस लड़की को गले लगाकर चूमना शुरू कर दिया, "तुम सरिता हो।" वह बड़बड़ा रहा था। लड़की चीखी चिल्लाई, भीड़ में अफरा-तफरी मच गयी। उस लड़की के साथ वाले, काले को धुन रहे थे। जीजी और जीजा ने जैसे-तैसे बचाया। अवस्थी जी घर आए। "इससे कह दीजिए कि मेरी लड़की अब इस दुनिया में नहीं है, उसका नाम ऐसे न लिया करे। नहीं तो मैं इसका मुँह तोड़ दूँगा। पागल ख़ाने में भरती क्यों नहीं कराते?"

पागल खाने का इलाज शुरू हो गया था। काउंसिलिंग में डॉक्टर को उसने साफ बता दिया कि लोग झूठ-मूठ बहकाते हैं। सरिता दी जिन्दा है, उससे खूब बातें करती हैं। कभी गाल पर चपत मार देती है, कभी चूम लेती है। डॉक्टर ने रज्जो

को बताया, ''दवाई रोज दीजिए, जरा सा मानसिक दबाव इन्हें पूरा पागल बना देगा। शादी कराने से, अगर अच्छी पार्टनर मिल तो खूब नार्मल हो सकते हैं।''

करीब दो दुकान बन्द रही। सुबह-सुबह दवा खाकर दुकान पर आ बैठता। दीदी ने कह दिया, ''सरिता को भूल जा। उससे भी ज्यादा सुन्दर भाभी लाऊँगी। बस तू दुकान पर जम कर बैठा कर। कमाऊ लड़के के लिए तो रिश्तों की लाइन अपने आप लग जाती है। इसलिए कमाऊ बन, कमाऊ।''

काले की शादी शौक यानी 'जुनूने-शादी' सारा मुहल्ला जान गया था। मुहल्ले के शैतान लौंडों की एक सिफत है, दिमाग के सारेकल पुर्जे दुरुस्त हैं, तो ठीक। लेकिन अगर एक पुर्जा भी ढीला हुआ, तो अधपगले को पूर्ण पागल बनाने का ठेका इनका है। मुहल्ले के बच्चे एक गाना गाने लगे थे, ''काले की शादी, दिलवाले की शादी, टूट गयी अरुण के साले की शादी।'' और सुनकर बच्चों को मारने भागता था, उनकी माँ बहन से सम्भोग की बात करता था।

दीदी और जीजा जी दोनों हनुमान जी के भक्त थे। काले भी बजरंग बली का भक्त हो गया। हर मंगलवार ग्यारह रुपये की बूँदी चढ़ाता, अखंड ब्रह्मचारी बजरंग बली को ही अपनी शादी की अर्जी लगा दी, काले ने। भले ही वह आज तक कुँवारे थे, उन्होंने सुन भी तुरन्त ली। लड़की विधवा थी, औसत रंग रूप की थी। सुहागरात को जीजा ने चार पैग ह्विस्की के साथ मुर्गे की टांग खिलाई, और पीठ पर धौल जमाई, ''जा बेटा, पहली बार में बिल्ली मार दे। देख नाक मत कटइयो।'' वह सुन्दरता में सरिता दी के सामने जरा भी नहीं ठहरती थी। लेकिन पहला प्यार तो जेसे उसके दिल की जमीन पर खूँटा गाड़े खड़ा था। दिल के हाथों मजबूर था, वह।

दूसरे दिन काले की दुल्हन ने रज्जो से पूछा। ''जीजी ये सरिता कौन है? ये रात भर कहते रहे कि तू सरिता है, तू सरिता है। वैसे आपके भइया तो खाली बोतल हैं।'' दूसरे दिन वह अपने भइया के साथ ऐसी गयी, कि फिर लौट कर नहीं आई।

काले को अब सरिता दी जैसी कद काठी वाली हर लड़की वही दिखाई देती। कुछ बड़बड़ाते हुए उसने अपने आगोश में लेना चाहता, परन्तु लोग उसे मिलकर जूते चप्पल से पीटते। कभी लौंडो लफाड़ों को इकट्‌टा कर के, सफेद कुर्ता पाजामा टोपी पहने भाषण झाड़ता कभी लम्बा सा चिमटा बजाता हुआ बेसुरे सुरमें गाता ''सब छोड़कर झगड़े दुनिया के, अब वृन्दावन को जाना है।'' 'या तू ना मिली तो हम जोगी बन जाएँगे।'

एक दिन इतवार की दोपहर जब मैं गली में घुसा तो कागज की कतरनों का सेहरा पहने, काले एक गधे पर सवारी, गाँठ रहा था, आज दस बच्चे हँसते खिलखिलाते, मटकते, झूमते, काले की इस मिनी शादी के बाराती बने हुए थे। काले ने साठ रुपये की टाफियाँ बच्चों में बाँटी थीं, और पचास रुपये देकर लालमन

धोबी का गधा सवारी को ले आया था। मुझे देख कर बच्चों की तरह किलकारी मार कर काले ने कहा, "गोले वाले जीजा, बच्चों को क्या कार्ड दूँ? आपको दे रहा हूँ, कह कर जेब से एक मोटा सफेद कागज दिखाया जिसमें काले स्कैच पैन से लिखा था—कैलाश वेडस सरिता यू आर कोआर्डियली इनवाइटेड, डेट .4-2-2000 करीब दस गज की दूरी यानी गली के अन्तिम छोर पर चार बच्चे कन्या पक्ष वालों के रोल में, एक गुड़िया को गोद लिए बैठे थे। बात अवस्थी जी तक पहुँची थी, तो वह बिफरते हुए रज्जो के पास फिर आए थे, "देख रज्जो, मेरी लड़की अब इस दुनिया से विदा हो गयी। अपने भाई को पागलखाने भर्ती करा दे। कोई मेरी बिटिया का ऐसा मखौल बनाए मुझे बर्दाश्त नहीं है।"

और रज्जो बहना-फुसलाकर उसे पागल खाने ले गयी थी। इलाज की बात थी, दाखिले की नहीं। आगरे के मानसिक चिकित्सालय के गेट पर जैसे ही टैम्पो से उतरी, एक लड़की कूदती-फाँदती आई, "अरे, ये दो-दो बिछुए क्यों पहन रखे हैं? क्या दो-दो पति हैं, तेरे? अपनी तो शादी करके बैठी है, मेरी कोई फिकर है, तुझे?" कहकर एक चाँटा मारा। रज्जो झल्लाई, "अरे देखो, ये कौन पागल लड़की है?" इलाज को आई एक लड़की थी, जो फालतू फंड में उसे एक चाँटा रसीद कर गयी थी। गाल सहलाते हुए वह बड़बड़ा रही थी, जहाँ देखो, वहाँ शादी का चक्कर। एक महीने की दवा ले आई थी, रज्जो।

काले के घर के पीछे वाली गनी में रहती थी, अनीता भाभी। काले का 'जुनूने-शादी' मुहल्ले के बच्चे-बच्चे की जुबान पर था ही। उन्होंने काले की दुखती रग पर उंगली रख दी, "मैं कराऊँगी तेरी शादी। आगरे में मेरे एक रिश्तेदार हैं, सर्राफे का काम है। उनकी बेटी है, खूब सुन्दर और बी.ए. पास। लेकिन तुझे एक काम करना पड़ेगा। तेरी माँ अपनी बहू के लिए जेवर छोड़ गयी है, वो सब पुराने टाइप के हैं, मटरमाला, तगड़ी, बाजूबन्द, अब कौन पहने है? मुझे ला के दे, तो नए फैशन के बनवा दूँ। आखिर बहू को उसके पसन्द के गहने ही तो देने होंगे।"

"तू वो गहने लाकर देगा, तो मैं नए टाइप के गहने बनवा दूँगी।" रज्जो ने लाख समझाया कि अनीता अच्छी औरत नहीं है, उसका साथ छोड़ दे। लेकिन काले तो एकदम अड़ गया अंगद के पाँव सा, गहने लेकर हटा।"

रज्जो लाख मना करती रह गयी। काले, अनीता के साथ आगरे गया, ताजमहल घूमने और चाट खाने और शॉपिंग के बाद वह एक होटल में रु की। रात को भाभी ने काले से पूछा, "अरे बांगडू, तुझे कुछ आता जाता भी है, बता अपनी दुल्हन संग सुहागरात कैसे मनाएगा?" अरे मेरे भोले भंडारी, मैं बताती हूँ तुझे। फिर भाभी ने एक कुशल प्रशिक्षित की तरह बताया कि कैसे किया जाता है। दूसरे दिन एक परिचित के घर जाकर एक सुन्दर सी लड़की भी दिखाई। पूरी भागदौड़ में

काले के लगभग पैंतीस सौ रुपये खर्च हो गये, परन्तु वह बहु खुश था, दिल बल्लियों उछल रहा था, उसका जन्म-जन्म का सपना सच होने जा रहा थ कुछ दिनों वो सरिता को भी भुलाए रहा। करीब एक महीने काले अनीता भाभी का भक्त रहा।

एक महीने में नए टाइप के गहने आ गये थे। रज्जो को पहले से ही शक था। जाँच कराने पर पता चला, खाली सोने का पानी चढ़ा है, बाकी माल नकली है। रज्जो, अनीता में जमकर ले-दे हुई, लेकिन चिड़िया तो खेत चुग चुग ही गयी थी। काले की शादी का सपना फिर टूट गया था। काले का दिल फिर टूट कर बिखर गया था। आधा पागल था काले, मुहल्ले के लौंडे उसे चिढ़ाकर पूरा पागल बनाने में लग गये थे। ''काले की शादी, दिलवाले की शादी टूट गयी...।'' लौंडे आगे-आगे...वह पीछे-पीछे गालियाँ बकता हुआ।

आगरे से दो साल बाद लौटा था, काले। कभी साधू वेष में चिमटा बजाता फिरता ''अखियाँ हरिदरसन की प्यासी। कभी नेता वेश में 'भारत माता की जय' उद्घोष करता, कभी टी शर्ट और पैंट पहन कर गाता, 'जरूरत है जरूरत है, एक शिरीमती की कलावती की।' कभी कहता 'गोले वाले जीजा सुनो, क्या मस्त गजल है।'' 'अपनी धुन में रहता हूँ मैं भी तेरे जैसा हूँ'। और ये वाली, 'मेरे जैसे बन जाओगे जब इश्क तुम्हें हो जाएगा।' वाकमैन का इयर फोन कानों में लगाए घूमता रहता।

एक दिन चौकी के सिपाही राजाराम जो अगली गली में रहते थे, पुकार रहे थे, ''अरे श्रीवास्तव जी, एक बुरी खबर लाए हैं। मुझे लगे हैं कि त्यारे साले साब काम आ गये। रेल की पटरी पर गाने सुनते जा रहे थे, लोग इशारे कर रहे थे कि पीछे ट्रेन आ रही है। लेकिन दोनों कानों में फोन लगाए ये पट्ठा तो सिर हिलाए जा रहा था। ट्रेन आई और इसे उड़ा दिया। रेल की पटरी पर धड़ तो कई हिस्सों में छितर गया। पैंट की जेब में पैंतालीस रुपये और ये कागज मिला है, और कागज वही मोटा सफेद कागज जिसमें लिखा था ''कैलाश वेड्स सरिता।''

मुझे याद है अभिनय सहित, एक दिन वह गाना गा रहा था, ''मेरे महबूब तू मझे इतना बता, मैं कुँआरा मरूँगा या शादी-शुदा। न कुँआरा मरे न तू शादी शुदा बीच में तुझको लटका के रख दे खुदा।'' तो यह थी, काले यानी स्पेशल 'स्पेशल पंजाबी' यानी 'बीच में लटके' की कहानी।

अहिल्या की वापसी

स्वर्ग में जैसा आप सबको विदिति ही है, दसों दिशाओं में सफेद धुएँ के बादल थे। इसी कारण न वहाँ का फर्श, और न ही दीवारें साफ दिख रही थीं। स्वर्ग की कल्पना करने वाले अधिकांश पुरुष थे, अस्तु कल्पना कीजिए कैटरीना और करीना सी सुन्दर अप्सराएँ, सोमरस पात्र दाएँ कन्धे पर रखे, उपस्थित थीं। उनमें से कई मनोहारी भंगिमाओं वाली घुँघरुओं और वीणा की झंकार सहित प्रेमोन्मत्त कर देने वाले एक नृत्य प्रस्तुत कर रही थीं, जिन्हें देख मनुष्य तो क्या ऋषि, मुनि, देवता तक मोहग्रस्त हो जाए।

रिसेप्शन पर बैठी सुनदरी, अहिल्या की आत्मा को देख मुस्कराई, "स्वागत है, आपका स्वर्ग में, मैडम। बॉस का फैक्स आया था, कि आपकी मनपसन्द चार आत्माओं से भेंट करा कर, दूसरे दिन पृथ्वीलोक को रिलीव कर दिया जाए।"

यह सुनकर श्वेत साड़ी ब्लाउज पहने, अहिल्या की आत्मा मुस्कराई, "ओह, धन्यवाद...। यदि ऐसा आदेश है, तो सर्वप्रथम, मेरे पूर्व पति ऋषि गौतम की आत्मा के दर्शन कराने की व्यवस्था करा दें।"

कुछ पल में श्वेत मर्दानी धोती लपेटे, ऋषि गौतम की आत्मा उपस्थित थी। अहिल्या की आत्मा ने सिर झुकाते हुए दोनों हाथ जोड़े। "भूतपूर्व पति परमेश्वर, ऋषि गौतम को, उनकी पूर्व पत्नी अभागी अहिल्या का प्रणाम स्वीकार हो।" "कल्याण हो अहिल्ये, तुम सकुशल तो हो?" सुनकर अहिल्या कुछ पल गुमसुम सी हो गयी, फिर ठंडी साँस भरती हुई बोलीं, "मैं वैसी ही हूँ, ऋषिवर, जैसी आपने मुझे त्यागा था। श्रीराम की पगधूलि से मेरा उद्धार नहीं हो पाया था, क्योंकि श्रीराम भी उतने ही पुरुष थे, जितने कि आप। उन्होंने भी देवी सीता के साथ अन्याय ही किया था। अस्तु दोनों घुटने जोड़े, उकड़ूँ बैठी अहिल्या, अब भी वही वैसें ही प्रतीक्षारत है।"

सुनकर ऋषिवर का चेहरा रक्ताभ हो चला था। "जो कुछ हुआ, उसका मुझे दुख है, जहाँ तक श्रीराम का प्रश्न है, वह मर्यादा पुरुषोत्तम थे, उन्होंने समाज के

समक्ष एक आदर्श उपस्थित किया।''

अहिल्या की आत्मा के मुख पर व्यंग्य भरी मुस्कराहट थी, ''मर्यादा पुरुषोत्तम तो आप भी थे, और आप से भी बड़े मर्यादा पुरुषोत्तम देवराज इन्द्र थे। एक प्रश्न आपसे उस समय नहीं पूछ पाई थी। अब पूछ रही हूँ, आज्ञा है?'' ऋषिवर कुछ पल विचारमग्न रहे, ''ओह...अवश्य पूछिए देवि...।''

''देवराज इन्द्र ने आपका रूप धर, मुझे ठगा। अपराधी तो देवेन्द्र थे, फिर मुझे श्राप क्यों, ऋषिवर? मुझे श्राप क्यों? मैं तो पीड़िता थी, सहानुभूति की अधिकारिणी थी, दंड की नहीं।''

गौतम ऋषि कुछ पल अहिल्या को अपलक देखते रहे, फिर किंचित् क्रोधित स्वर में गोले, ''एक साध्वी स्त्री अपने पति को गन्ध तक से परिचित होती है। स्वरूप अवश्य इन्द्र ने मेरा धारण कर लिया था, परन्तु आप देह गन्ध से भी उसे पहचान पाईं। इसका मुझे दुख हुआ।''

सुनकर आँचल से आँसू पोंछते हुए अहिल्या ने कहा, ''मैं तो निद्रा के वशीभूत एक साधारण स्त्री थी। आप तो सर्वज्ञ, त्रिकालदर्शी ऋषि थे। आप अपने ज्ञान चक्षु से क्यों नहीं देख पाए कि वह लम्पट, आपका रूप धरे, इतनी सुबह, आपके आश्रम में क्यों छुपा बैठा था। सर्वसमर्थ हुए भी आप अपनी पत्नी को सुरक्षा प्रदान करने में असमर्थ रहे?'' इसका मुझे भी बड़ा दुख हुआ।

ऋषिवर यह सुनकर असमंजस में पड़ गये, आँखों में आँसू भर आए, ''देवी क्या बताऊँ, मैं भी तुम्हारी तरह निद्रा के प्रमाद में शौचादि से निवृत्त होने चला गया।''

अहिल्या आँसुओं के बीच मुस्कराई, ऋषि के पास सरक आई थी, ''ऋषिवर, यही तो मेरे साथ हुआ। निद्रावश मैं भी नहीं जान पाई, कि वह आप नहीं, देवेन्द्र हैं। फिर कौन सोच सकता था, कि देवराज होकर, वह ऐसा निकृष्ट कार्य करेंगे। मुझे दुख है, कि आपने असली अपराधी को केवल कुरूप होने का श्राप दिया, और श्रीगणेश के जन्मदिन पर, माँ पार्वती द्वारा उन्हें मुक्ति भी मिल गयी। आपने तो उस समय सारा क्रोध मुझ पर ही उतारते हुए, पुत्र चिरकारी को मेरा सिर काटने का आदेश दे दिया था। उसने जब आपका आदेश मानने से मना कर दिया, तो आपने मुझे शिलावत होने का कठिन श्राप दे दिया।'' ''देवि मैंने कहा न, जो आपके साथ हुआ, उसका मुझे दुख है। मेरे क्रोध पूर्ण प्रलाप के कारण आश्रम में अत्यधिक कोलाहन मच चुका था। शिष्यों की भीड़ जुट गयी थी। कई शिष्य रो-रो कर पूछ रहे थे। ''गुरुदेव कौन है, वह दुष्ट, हम उसका वध कर देंगे।'' आदि अनेक प्रश्न कर रहे थे। देवि, वस्तुत: जिस पति की पत्नी का शील-हरण हो जाए, उसकी सामाजिक प्रतिष्ठा, धूलधूसरित हो जाती है। मैं यह सोचकर व्यथित था, कि संसार

की कल्याण कामना करने वाले मुझ जैसे ऋषि की धर्मपत्नी के साथ, ऐसा अमंगल हुआ। मुझे ऐसा प्रतीत हुआ, जैसे मेरे सारे शिष्यगण, उनके कुटुम्बीजन व समस्त समाज मेरा उपहास कर रहा है। क्या करें, शत्रु के आश्रय में रही देवी सीता को, अयोध्यावासियों ने अपवित्र ही माना, और श्रीराम को उनका परित्याग करना पड़ा। वह श्री विष्णु के अवतार होकर भी, इस विषय में असहाय थे। तो मैं तो एक साधारण ऋषि था।''

अहिल्या ने आगे बढ़कर गौतम ऋषि के कन्धे पर दायाँ हाथ रख दिया था, ''आप हों या श्रीराम, आप युगपुरुष थे, संशयग्रस्त समाज के रंग में रँगने के स्थान पर, आपको उसे अपने रंग में रँगना था, एक नई कल्याणकारी दिशा देनी थी। और जिसकी पवित्रता के साक्षी स्वयं अग्निदेव हों, वह सीता यदि अपवित्र हो सकती थी, तो संसार की हर स्त्री अपवित्र है। काश, अयोध्यावासी कह पाते कि सीता के चरित्र को हम भलीभाँति जानते हैं, कोई मूर्ख प्रलाप कर रहा है, तो उसे दंडित करो। अच्छा यह बताइए, क्या देवेन्द्र अपने पद के योग्य थे? क्या किसी राक्षस राज ने भी ऐसा निकृष्ट कार्य किया था?''

गौतम ऋषि मौन के जंगल में कुछ पल खो गये थे। ''नहीं देवि, वह इस पद के योग्य कदापि नहीं थे। देवि, इन्द्र से पहले उनके पिता राजा द्यौस देवराज थे। एक दिन इन्द्र का अपने पिता से विवाद हो गया, कि असुर देवबालाओं को हर ले जाते हैं, देव युवकों को भी लूट लेते हैं। अस्तु उनके प्रति कठोर रुख अपनाया जाए। राजा द्यौस ने अपने पुत्र को धैर्य धारण करने को कहा। पुत्र इन्द्र ने पिता को कायर कह दिया। पिता-पुत्र में युद्ध हुआ, और पुत्र के हाथों पिता की हत्या हो गयी। तब से इन्द्र ही देवेन्द्र के पद पर पद प्रतिष्ठित हैं। अपने पिता के हत्यारे, छल, कपट, ईर्ष्या, अहंकार और कामोन्माद आदि दुर्गुणें से युक्त इस व्यक्ति को समाज देवेन्द्र क्यों मानता है, यह सोच कर मैं भी लज्जित हूँ। अच्दा देवि...कल्याण हो।''

भेंट का समय समाप्त हो रहा था। रिसेप्शन से सन्देश आया कि कृपया आत्मा नम्बर दो का नाम, पता बताएँ। अहिल्या की आत्मा कुछ पल विचारमग्न रही। ''दिल्ली की एक फिजियोथैरेपिस्ट लड़की है, निर्भया अपने एक साथी के साथ, छह दरिन्दों से लड़ती हुई शहीद हुई है। उससे मिलना चाहूँगी।''

सफेद जींस और टाप में निर्भया की आत्मा उपस्थित थी। अहिल्या की आत्मा ने मुस्करा कर उसका स्वागत किया, गले लेकार पास बिठाया। ''मैं गौतम ऋषि की पूर्व पत्नी अहिल्या, जो श्रापवश, शिलावत हो गयी थी। वर्षों की प्रतीक्षा के बाद श्रीराम आए थे, परन्तु उनकी पगधूलि से मेरा उद्धार नहीं हो पाया। अब से अभी तक अपनी पुत्रियों पर हो रहे अनवरत, भेदभाव, अत्याचार, दमन के कारण मेरी आत्मा व्यथित है। जिस वीरता से तुम उन दरिन्दों से जूझती रही, उससे मैं तुमसे

प्रभावित हूँ। तुम्हें आशीर्वाद देती हूँ।''

निर्भया उत्साह से भरी हुई कह रही थी, ''आंटी, इसका श्रेय मेरे माता-पिता को जाता है। अधिकांश माँ-बाप कह देते हैं, कि जो हुआ उस पर खाक डाल दें, बुरा सपना समझ कर भूल जा। अपनी छोटी बहनों और भाइयों की ओर देख। परिवार बदनाम हो गया, तो क्या होगा? मेरे माता-पिता ने मेरा साथ दिया, मेरी मौत पर मेरे पिता ने साफ कर दिया, कि मेरी बेटी को पीड़िता मत कहो, शहीद कहो। उनका ही आशीर्वाद था, कि वह छः थे, हम दो। फिर भी हमने लोहा लिया।''

अहिल्या ने निर्भया की दोनों बाँहें थामते हुए कहा, ''पुत्री तुम्हारी वीरगाथा सुनकर तो मेरा आत्मविश्वास ऐसा बढ़ा, कि मैंने पति परमेश्वर से वह प्रश्न कर डाला, जो उस समय मैं उनसे नहीं कर पाई थी, कि अपराधी तो देवेन्द्र थे, मुझे श्राप क्यों? और पुत्री, इसी प्रश्न से वह संशयग्रस्त हो गये, हड़बड़ा कर बोले, कि मैं उस सयय निद्रावश था, सामाजिक दबाव में था, आदि।''

''आंटी, नारी जाति अबला है न, इसलिए सदैव कमजोर के गाल पर थप्पड़ मारकर, समाज न्यायप्रिय होने का ढोंग करता आया है। आपके और सीता माँ के साथ यही हुआ। सनातनकाल से स्त्री, पुरुष को प्रेम करती हैं, सर्वस्व अर्पण करती हैं। प्रतिदान में वह पुरुष से संरक्षण या सुरक्षा की अपेक्षा करती है, और पुरुष उसके प्रतिदान में उसे जहाँ चाहे, जब चाहे, भोगने का अधिकार चाहता है। बलात्कार तो जैसे अब उसकी 'संस्कृति' बन गया है।''

अहिल्या ने ठंडी साँस भरते हुए कहा था, ''पुत्री, यही तो आश्चर्य है, कि पुरुष यदि कामोन्माद में कुछ अनुचित करे, तो वह उसके पुरुषत्व का प्रतीक है, और यदि स्त्री उसी कार्य को करें, तो कुल्टापन और चरित्रहीनता है।''

''आंटी, समाज स्त्री और पुरुष में खुला भेदभाव करता है। जब मैं उन दरिन्दों से लड़ रही थी। तो उनमें से एक ने मुझ पर काबू पाने के लिए, मेरे चेहरे पर दनायदन तीन-चार थप्पड़ जड़ दिये। मैंने भी जवाब में एक भरपूर लात उसके पेट में मारी, तो वह दूसरे से बोला, कि साली खतरनाक लगती है, कहीं पुलिस से रपट न लिखा दे। तो दूसरा बोला हम इसे इस लायक ही नहीं छोड़ेंगे कि किसी को अपना मुँह दिखा सके, रपट लिखाना तो दूर की बात है। दरअसल, बलात्कार की सारी घृणा, स्त्री जाति के लिए हैं, मर्दों के लिए तो मर्दानगी का, पुरुषत्व का गहना है। बलात्कारी, इसीलिए बलात्कार के बाद मूँछ ताने घूमते हैं।''

अहिल्या सोच रही थी, इन्द्र जैसे दुश्चरित्र अब भी देवेन्द्र कहलाते हैं। कुछ पल विचारमग्न रही अहिल्या, ''पुत्री सयाने कहते हैं कि तुम नौ बजे तक अपने साथी के साथ घूम रही थी, और सिनेमा भी देखा था। लोग कहते हैं, कि स्त्रियां यदि मर्यादा में रहें, मर्यादा वाली पोशाक पहने, देर-सबेर घर से न निकलें, तो

बलात्कार रुक जाएँगे। एक बाबा जी तो कहते हैं कि तुम उनके हाथ, पेर जोड़कर भाई बना लेतीं, दीक्षामन्त्र बोल देतीं, तो ऐसा न होता।'' सुनकर मुस्कराई थी, निर्भया, ''दो साल की बच्चियों की लाशें, बलात्कार के बाद खेतों और बागों में गड़ी मिलती है। किसी को बहन की नजर से देख सकते, तो बलात्कार क्यों करते? दीक्षामन्त्र देकर बाबा जी अपनी दुकान चला लेंगे। बलात्कारियों पर इसका क्या प्रभाव पड़ेगा? आंटी कहावत है, घर का लड़का बिगड़ा, तो जैसे घर से किसी ने गली में थूका, और घर की लड़की बिगड़ी तो जैसे गली से किसी ने घर में थूका। लड़का चाहे अलमस्त साँड सा किसी भी खेत में मुँह मारे, मर्द बच्चा है। जब तक हमारे सामाजिक सोच में परिवर्तन नहीं होता, कुछ नहीं होने वाला। इसीलिए तो बलात्कारी कुछ नहीं सोचता, केवल अपना 'अवसर' देखता है।''

रिसेप्शन से सन्देश आ गया था, कृपया अपना नम्बर तीन का नाम पता बताएँ।

अहिल्या की आत्मा उदास बैठी थी, सिर पर हाथ घरे। ''आंटी मैं मिलवाऊँ आपको अगली आत्मा से?'' उसने सहतजि से सिर हिलाया था। ''आपको पन्द्रह वर्षीय दलित कन्या से मिलवाती हूँ जिसका बलात्कार लखीमपुर के एक थाने में हुआ था।''

कुछ पल में सफेद धोती ब्लाउज पहने एक लड़की की आत्मा खड़ी हुई थी। अहिल्या ने अशीष देते हुए सिर पर हाथ फिराया, तो आत्मा रो उठी थी। पास खड़ी निर्भया ने हौसला बढ़ाया तो कहने लगी, ''आंटी जी, हमारा बकरिया हिराय गयी रही। थाना के पड़ोस मा हमार घर बा। हम बकरिया को खोजत-खोजत थाना परिसर में चले गयेन। हुआ एक ठो मुंसी जी, सफेद वालन वाले, बइठे कुछ लिखत रहेन। हमका देख के कहे लागे, ''साली हरामजादी, हियाँ चोरी करे वास्ते, आई है। आवाज निकाल्यो, तो हवालात मा बन्द कर दिहैं।'' हम डरि गये, बस मुँह मा अंगोछा ठूँस दिहिन अउर बुरा काम करै लागे, फिर उत्ते मा दूसरे मुंसी जी आय गये, घुटी चाँद वाले। बोले कि अकेल्ले-अकेल्ले माउज ले रहे हौ। ऊहौ बुरा करम करै लागे। ऐसे चार सिपाही और दरोगा जी, आपन हवस पूरी किहिन।'' पता नहीं कब पिरान निकस गये। ऊ लोग आतम हत्या दिखावे खातिर लास का पेड़ पे लटका दिहिन।'' लड़की का गला रुँध गया था। अहिल्या ने उसे अपने अंक में भर लिया था। ''हाँ, हाँ कहो पुत्री अपनी बात कहो। दिल का बोझ हल्का होगा।''

लड़की का हौसला आया, ''फिर, घर वालेन का पता लगि गवा, त ऊ लास घरै लै आए। तब तब इलाका मा सियासी दाँवपेच होवे लागे। मामला पलट न जाय, पुलिस वाले आए जीप भर के, लास का लै गये, नहर मा डुबकी लगाय दिहिन, कि लड़किनी आतमहत्या किहिस है। चीरघर लास गयी, मीडिया वाले कूदि परे। पाँच पुलिस वाले गिरफ्तार हो गये। लेकिन लास की बड़ी बेकदरी भई।''

तभी निर्भया ने अहिल्या के कन्धे पर हाथ रखा, "आंटी, आपको आत्मा नम्बर चार से मिलना है? मेरे पास एक आत्मा दो साल चार माह की कुलसूम, रिश्ते एक फूफा ने उसके साथ बलात्कार किया, मामला खुल न जाए इसलिए पास के आम के बाग में लाश गाड़ आया। दूसरे जानकी जिसका प्रेमी शादी करने के लिए उसे आगरा ले गया, लेकिन उसे बसई खुर्द गाँव में बेच आया, उसका प्रेमी कपड़े का व्यापारी है, सुखी सम्पन्न है, और वह पचपन की उम्र में गुप्त रोग से पीड़ित होकर मरी। तीसरी एक घर की बहू, कुसुम, जिसे उसके सास-ससुर ने दहेज के लालच में उसे जिन्दा जला दिया था।उ अब दूसरी बहू को जलाने की तैयारी में है।"

अहिल्या की आत्मा सहसा शिलावत दोनों घुटने जोड़कर, उकड़ूँ बैठकर रोने लगी, और सोचने लगी, क्या स्त्री जाति का भाग्य कभी पलटेगा? यह भेदभाव अत्याचार कब बन्द होगा? उसे प्रतीत हुआ, जैसे वह कुसुम है। इन्द्र ससुर का रूप धरे, उसे जिन्दा जला रहा है। फिर प्रतीत हुआ, जैसे वह जानकी है, और इन्द्ररूपी प्रेमी उसे कोठे पर बेच आया है। उसे प्रतीत हुआ जैसे वह ढाई साल की कुलसुम हो गयी है। और इन्द्ररूपी फूफा उससे बलात्कार कर रहा है। वह पन्द्रह वर्षीय दलित किशोरी है, और थाने के सिपाही उसे अपनी दरिन्दगी का शिकार बना रहे हैं। फिर लगा कि वह निर्भया बन गयी है और ऋषि गौतम के साथ छः-छः इन्द्रों से लड़ रही है। और लड़ते-लड़ते शहीद हो गयी। अकस्मात रोते-रोते उसकी मुट्ठियाँ भिंच गयीं। क्रोध से चेहरा रक्ताभ हो चला, "बस पुत्री बस, अब और किसी आत्मा से नहीं मिलना। अब मैं धरती पर जाना चाहती हूँ। माँ दुर्गा से शक्ति चाहती हूँ, ताकि इस अत्याचार से, भेदभाव से, लड़ सकूँ।"

टॉम एंड जैरी कथा

शहर में पूर्व मन्त्री स्व. श्री रघुवीर सरन के नाम पर यह कालोनी थी, जिसमें कुल बाईस मकान थे। एक पार्क था, जिसमें मन्त्री जी की आदमकद मूर्ति, एक छोटा शिवालय व दो झूले थे। होली दीवाली, दशहरा, जन्माष्टमी को, कालोनी वाले यहाँ सामूहिक रूप से त्यौहार मनाते थे। दो प्लाटों की जगह में पार्क था, बाकी दो गलियो में ग्यारह-ग्यारह मकान थे। पूर्व की ओर वाली गली में, आखिर से दूसरा मकान, श्री नारायण जौहरी, सहायक आयुक्त आयकर (सेवा निवृत्त) का था, उनके ठीक सामने आई.वी.आर.आई. के सेवानिवृत्त वरिष्ठ वैज्ञानिक, श्री रमाकान्त शुक्ला का मकान था। शुक्ला जी 5'-6'' कद, छरहरा शरीर, साँवला रंग और नीली-हरी रंग की आँखों वाले थे। वहीं जौहरी जी कद में उनसे 1 इंच ऊँचे, खालिस काला रंग, काले रंग की आँखें, ओर एकदम गंजे सिर वाले थे। उन्हें थोड़ा अकड़-अकड़ कर चलने की आदत भी थी। जौहरी जी आयकर के उच्चाधिकारी होने के कारण सदा चाटुकारों से घिरे रहते थे। वहीं शुक्ला जी भी अपने आगे किसी को भी बोलने नहीं देते थे। वह प्रायः कहा करते थे, कि संस्थान की हर ईंट जानती है, कि शुक्ला जी क्या चीज हैं? चतुर्वेदी कलक्टर एक बार पशु मेले में आए थे, उसके बाद डायरेक्टर को न बुलाकर, मुझसे सीधी बात करते थे। इसके बाद तो हर कलैक्टर ऐसा ही करने लगा था। मेरी कार सीधी कलेक्टर के बंगले पर रुकती थी, कलेक्टर के। शुक्ला जी, और जौहरी साहब दोनों ही अफलातून थे।

इन दोनों महानुभावों के अलावा कालोनी मे, तीन बैंक कर्मी, शेष मध्यम स्तर के व्यापारी थे। अधिकतर पति दसवीं-बारहवीं पास थे, और पत्नियाँ एम.ए., बी.ए.। फलतः यदि घर में अँग्रेजी का पत्र आता, तो वहीं बाँचती थीं। इंकम टैक्स वाला होने के कारण, जौहरी जी का कालोनी में बहुत दबदबा था।

कालोनी में एक रघुवीर विहार कल्याण समिति थी, और जौहरी जी उस समिति के स्वयंभू अध्यक्ष थे। शुक्ला जी को समिति में उपाध्यक्ष पद ऑफर हुआ था, परन्तु उन्होंने उसे व्यस्तता दिखाते हुए अस्वीकार कर दिया था। एक वरिष्ठ

सदस्य के रूप में उन्होंने खर्च का ब्यौरा प्रस्तुत न करने के लिए समिति की टाँग खिंचवाई की थी। साथ ही यह घोषणा भी कर दी थी, कि अगले माह का तीस रुपये का चन्दा, वह ब्यौरे को देख कर ही देंगे। बोले तो, छत्तीस का आँकड़ा था, समिति के साथ, उन का।

शुक्ला जी मकान के नीचे वाले भाग में एक किराएदार आए थे, श्री योगेश चन्द्र पांडे, खाद्य व रसद विभाग, में मार्केटिंग इंस्पेक्टर थे। जौहरी जी का मकान तिमंजला और कालोनी में सबसे बड़ा था। पोर्च में एक बड़ी कार होंडा सिटी और एक छोटी कार सेंट्रो और मोटर साइकिल व एक स्कूटर खड़ा रहता था। उनका बड़ा लड़का प्रोपर्टी डीलर था, गली में बहुत तेजी से कार चलाता हुआ घुसता था। एक दिन, एक पड़ोसी की बच्ची कार की चपेट में आकर थोड़ी चोट खा गयी। लड़के ने चोट की चिन्ता न करते हुए, पड़ोसी को बच्ची सँभाल कर रखने का उपदेश दे डाला। पड़ोसी जब सदल-बल उसके गेट पर पहुँचा, तो जौहरी जी भी सपत्नीक, अपने सुपुत्र की तरफदारी करते हुए, पड़ोसी से पठ्ठे ठोंक कर लड़े।

शुक्ला जी के मकान का गेट खुला पाते ही, जोहरी का सफेद रंग का छोटा सा कुत्ता, कुछ खाने की तलाश में कूड़े की बाल्टी उलट देता था। दो दिन ऐसा हुआ, तो पांडे जी ने जौहरी जी के लड़के से कहा, "आप कुत्ते को भरपेट खाना नहीं देते, तभी वह हमारे घर में घुस आता है।" "आप अपना गेट बन्द रखिए।" जौहरी जी ने आकर फैसला दिया था। उनका सीधा सादा फंडा था, "मैं सही, मेरा बेटा सही, मेरा पोता सही, यहाँ तक कि मेरा कुत्ता भी सही।"

बिजली गायब होते ही गर्मी का अहसास बढ़ जाता था, और बड़ा जैनरेटर होने के कारण शोर भी काफी करता था। जौहरी जी का छोटा बेटा जो बंगलौर में बी.टेक कर रहा था, आजकल छुट्टियों में घर आया हुआ था। इस समय वह अपने कमरे में फुल वोल्यूम पर संगीत सुन रहा था। अप्रैल का महीना था, हवा डरी सहमी थी, पंखे गर्म हवा छोड़ रहे थे।

पांडे जी की दोनों बेटियाँ सपना और शुभा जो क्रमशः बारहवीं और दसवीं कक्षा की छात्रा थीं अपने कमरे में पढ़ रही थीं। परीक्षा सर पर थी, कान फोड़ू संगीत, उन्हें पढ़ने नहीं दे रहा था। अकस्मात बिजली चली गयी। संगीत के शोर के साथ सामने की कोठी के जनरेटर का सारा धुँआ भी मिलकर, परिस्थितियों को और कठिन बना रहा था। दोनों ने एक स्वर में कहा, "आप जौहरी अंकल से बात क्यों नहीं करते, डैडी?"

तीन दिन हर सुबह, यही हुआ तो, चौथी सुबह वह जा पहुँचे, जौहरी जी के घर। शिष्टाचार-वश फ्रिज का पानी आया। फिर उन्होंने बताया कि वह लायन्स क्लब के मेम्बर हैं। वहाँ शहर ही जानी-मानी हस्तियाँ आती हैं। कलैक्टर और

एस.एस.पी. भी आते हैं। किसी दिन शाम को वह उनके साथ चलें, तो उन्हें भी शेर (लायन) बनाया जा सकता है। इधर-उधर की चन्द बातें हुई, पांडे जी आ गये मुद्दे पर। ''भाई साहब, आपके पड़ोस में रहने के कारण, जाने-अनजाने आप से हमें कुछ दिक्कतें हो रही हैं। आप आज्ञा दीजिए, तो बयान करूँ।'' जौहरी जी ने उन्हें ऊपर से नीचे देखा और बोले, ''हाँ हाँ कहिए।'' ''भाई साहब, यह जो आपका जनरेटर है, चलता है, तो बहुत आवाज करता है, और इसका धुँआ, सामने हमारे घर में भर जाता है। क्या इसका साईनलैंसर कुछ ऊँचा और बड़ा नहीं हो सकता? दूसरी तकलीफ कि आपके घर में संगीत एकदम कानफोड़ू तर्ज पर बजता है बच्चियों की पढ़ाई में विघ्न पड़ता है।''

जौहरी जी सुनकर मुस्कराए थे, ''पांडे जी, जैनरेटर का साईलैंसर मैंने पहले ही इतना बड़ा, और लम्बा बनाया है, जब बिजली जाती है, तो मजबूरन चलाना ही पड़ता है। जहाँ तक संगीत की समस्या है, मेरा लड़का बी.टेक की पढ़ाइ टेप बजाकर ही करता है, वो भी फुल वोल्यूम पर। अपनी बेटियों को मेरे पास भेजिएगा, मैं उन्हें समझाऊँगा। मान लीजिए, आपको रेलवे लाइन के पास मकान मिलता, या मैन मार्केट में, या किसी शोर-शराबे वाली जगह। आजकल स्टूडेंट को हर परिस्थिति के लिए तैयार रहना चाहिए। वैसे आपको इसलिए भी ज्यादा तकलीफ होती होगी, कि ये चीजें आपके पास नहीं हैं। कहकर वह मुस्कराए थे। पांडे जी इस व्यंग्य से तिलमिलाए और बोले, ''जी नहीं भाई साहब, मुझे इस बात की कोई तकलीफ नहीं है, कि ये चीजें मेरे पास नहीं हैं। मैं अपनी चादर के बराबर ही पैर फैलाता हूँ, और खुश रहता हूँ। जिन बातों से तकलीफ हो रही थी, वो बता दी। साइलेंसर यदि थोड़ा और ऊँचा कर लें, तो कोई खास खर्च नहीं आएगा, और इस वोल्यूम पर तो पान की दुकानों में सगीत बजता है। भले आदमी तो खुद के सुनने के लिए 'रूम वाल्यूम' पर ही संगीत सुनते हैं। खैर, जैसी आपकी मर्जी, मैं तो प्रार्थना ही कर सकता हूँ'' कहकर पांडे जी उठ गये थे।

कालोनी के व्यापारी भाइयों के घर आयकर के नोटिस आ गये थे। कुछ दिनों बाद पांडे जी के घर चार कट्टे गेहूँ आया था। ट्रक को बैक करते समय हल्की टक्कर जनरेटर की छत से टकरा गयी थी। छत की खपरैल थोड़ी टूट गयी थी। जौहरी जी गुस्से से बेकाबू थे, ''मैं छोडूँगा नहीं एफ.आई.आर. करूँगा। आपकी शिकायत करूँगा कि आपके घर चोरी का गेहूँ आता है।'' ट्रक ड्राइवर अंगोछे से मुँह पोंछता हुआ ट्रक से नीचे उतरा, ''काहे बाबू इतना शोर मचाए हों? ट्रक जउन है, तुमरे सामने खड़ा है, करो लम्बर नोट। और कहो तो मालिक जउन है, उनका भी नाम बतावैं। उनका नाम है नबरंग राय भसीन, सरकारी ठेकेदार है। पाँच-पाँच ट्रक चलते हैं। कउनों अइसे-वइसे आदमी नहीं हैं।'' ड्राइवर के दो टूक जवाब से वह

और बौखला गये थे। "पांडे जी में देख लूँगा आपको। सस्पैंड करा दूँगा सस्पैंड...।"
"अच्छा-अच्छा करा दीजिएगा।" पांडे जी ने आग में घी डाला था।

दूसरे दिन जौहरी जी ने समिति की बैठक बुलाई थी, जिसमें उन्होंने प्रस्ताव रखा कि शुक्ला जी से कहा जाए, कि वह अपने किराएदार से मकान खाली करने को कहें। उनके किराएदार पांडे जी बदतमीज हैं, आदि-आदि। पांडेजी की समिति का चन्दा नियमित देते थे, अस्तु बैठक में जा पहुँचे प्रस्ताव पर बहस शुरू हुई। पहले जौहरी ने प्रस्ताव रखा। शुक्ला जी बोले, "समिति, कालोनी के कल्याण के लिए बनी है, न कि अध्यक्ष के अहंकार की रक्षा के लिए। पांडे जी भले आदमी हैं, उनसे मुझे कोई तकलीफ नहीं है। उन्होंने मुझसे कभी कोई बदतमीजी नहीं की है। मैं उनसे मकान खाली करने को क्यों कहूँ। फिर पांडे जी की बारी आई। "भाइयों एक बदतमीज आदमी, सबसे बदतमीजी ही करेगा, शुक्ला जी ने तो मुझे क्लीन चिट दे दी है। आप भाई, बताएँ क्या मैंने आपके साथ कोई बदतमीजी की?" उत्तर में सबने मना किया। पांडे जी ने फिर कहा, "जौहरी जी, मैंने कौन सी बदतमीजी की, यह इंगित नहीं कर पाए हैं। दरअसल बदतमीजी तो, मेरे साथ हुई है। इनसे पूछिए कि इनके पास कौन सा टेलिस्कोप है, जिससे इन्होंने इतनी दूर से देख लिया, कि वह चोरी का गेहूँ है। देखिए, यह आड़ती रसीद, जिससे यह दो कुन्तल गेहूँ खरीदा गया था। बिना सबूत मुझे चोर कहा, अपमान तो इन्होंने मेरा किया है। रही बात इनके जनरेटर की छत के नुकसान की तो ट्रक भी रगड़ के कारण क्षतिग्रस्त हुआ है। मैं ट्रक मालिक को बुलाए देता हूँ। दोनों पक्ष एक-दूसरे का हर्जाना दे दें।" पनवाड़ी वाली बात पता नहीं क्यों, जौहरी जी छुपा गये थे, शायद उन्हें इसका जिक्र करना, अपमान जनक लगा हो। बहरहाल भले ही, वह समिति के अध्यक्ष थे, परन्तु समिति की बैठक बुलाकर पांडे जी को जलील करने की उनकी योजना टॉय-टॉय फिस्स हो गयी थी।

कालोनी में खबर थी, कि जिन व्यापारी बन्धुओं को आयकर का नोटिस आया था, उन्हें जौहरी जी ने जवाब लिखवा दिए थे। आफिस से ही पता चला था, कि नोटिस उन्हीं के कहने से ही भेजे गये थे। रिटायर होने के बाद विभाग वाले भी घास कम डालते हैं।

एक दिन सुबह-सुबह पांडे जी, शुक्ला जी के साथ पहली मंजिल पर बालकोनी में बैठे चाय पी रहे थे। शुक्ला जी बड़े बेटे विनोद को प्रमोशन मिला था, और वह पांडे जी को मिठाई खिला रहे थे। जौहरी साहब अपनी बॉलकोनी में खड़े चिढ़ रहे थे, सोच रहे थे कि वह दोनों उनकी मजाक उड़ा रहे थे।

अगले दिन पांडे जी अपने घर से निकल रहे थे, उधर जौहरी जी अपने घर में घुस रहे थे, तभी उन्होंने पांडे जी को इशारे से बुलाया। "पांडे जी इस कालोनी में

आप नए-नए आए हैं। यहाँ कोई भी मेरी बातें नहीं टालता। आप शुक्ला जी के बारे में जानते ही क्या है? दो-चार महीने से ज्यादा कोई किराएदार नहीं टिकता उनका, आप कैसे इतने दिन टिक गये? मैं आपसे कह रहा हूँ, कि आप शुक्ला जी से बातें नहीं करेंगे।'' पांडे जी को प्रतीत हुआ जैसे अहंकार के पहाड़ पर बैठे जौहरी जी कह रहे हैं, ''देख बच्चे, मैं सही, मेरा बेटा सही, मेरा कुत्ता भी सही, यहाँ रहना है, तो मेरा कहना मानना ही पड़ेगा। ओखल में रहोगे तो मूसल तो सहोगे, बेट्टा।''

पांडे जी स्वभाव से शान्तिप्रिय थे, परन्तु न किसी को दबाते थे, न किसी से दबते थे। बोले, ''वाह जौहरी साहब वाह, मैं अपने मकान मालिक से बात न करूँ। ऐसा कैसे हो सकता है? जब तक इस घर में रहूँगा, तब तक उनसे बात करूँगा। आपके लिए वह बुरे होंगे। मेरे लिए अच्छे हैं।'' घर पास था, जौहरी जी डरे कि कहीं शुक्ला जी न सुन लें, बोले, ''धीरे बोलिए धीरे, मैं तो आपके भले के लिए कह रहा था। देखिए आपके दो बेटियाँ हैं। उन्हें स्कूल आते-जाते कोई दिक्कत हुई, तो मुझसे मत कहिएगा। मेरे लड़के के सम्बन्ध कुछ गलत तत्त्वों से भी है।''

पांडे जी एक बार तो गुस्से से काँप गये, फिर संयत होते हुए बोले, ''देखिए भाई साहब, मेरे घर बेटियाँ हैं, तो आपके घर बहू है। और इन गलत तत्त्वों का क्या ठिकाना है, मैं उन्हें दारू-मुर्गा खिला दूँ, तो मेरी तरफ हो जाएँगे। कहिए कितने इकट्ठे कर दूँ, कल ही।''

पांडे जी ने बात दोनों बेटियों को बताई, तो दोनों 'झाँसी की रानी' बन गयी। ''कोई कुछ कह कर तो देखे।'' एक मित्र प्रकाश चन्द्र से बात हुई बोले, ''अरे इंकम टैक्स वाले हैं, बेकार पंगा मत लो, मकान खाली कर दो। दूसरा दिलवा दूँगा।'' पांडे जी ने कहा, ''फिर नए घर के पास, मान लो कोई पुलिस वाला पड़ोसी मिल जाए, उसकी धमकी से डर के तीसरा मकान देखूँ। एक और मित्र श्रीवास्तव जी से चर्चा चली तो बोले, ''ये तो पूरा हिटलर हो गया है। जरूर सक्सेना के बल पर कूद रहा है। कल ही उसे भेज दूँगा।'' सक्सेना जब उनसे मिला तो बोले, ''हमने तो सोचा था, नए-नए हैं, ये तो छुपे रुस्तम निकले।''

उस रात पांडे जी ने सोचा कि जौहरी के मुँह से एक ओछी बात निकली है, क्यों न इसका लाभ उठाया जाय? तुरन्त एक सदस्य के रूप में सचिव-कल्याण समिति, को पूरी घटना का ब्यौरा देते हुए पत्र लिखा, कि अपनी पोती की उम्र की कन्याओं के विषय में ऐसी मानसिकता रखने वाला व्यक्ति, कालोनी का क्या कल्याण कर पाएगा? क्या वह इस पद के योग्य हैं?

सचिव महोदय ने समिति की आपात बैठक बुला ली थी। बैठक में जौहरी जी बोले, ''भाइयों आप सब लोग मुझे पहले से ही जानते हैं। मैं नारी जाति का कितना सम्मान करता हूँ, यह भी आपको ज्ञात है। मैं सहायक आयुक्त (आयकर)

के पद से सेवानिवृत्त हुआ हूँ। मुझे दुख है, कि एक किराएदार के कहने पर मुझे यहाँ मुजरिम की तरह पेश किया गया है।'' सचिव गुप्ता जी खड़े हुए, ''आदरणीय जौहरी जी, हम सब यहाँ आपका गौरवशाली इतिहास जानने के लिए इकट्ठे नहीं हुए हैं। हमें ये बताइए के पांडे जी से आपकी क्या बातचीत हुई थी?'' जौहरी जी मजबूरन फिर खड़े हुए, ''मेरी पांडे जी से कोई खास बातें नहीं हुई, सिर्फ कुशल-मंगल पूछी थी। इतना जरूर कहा कि जमाना खराब है, आपकी दो बेटियाँ हैं। जरा सावधान रहिएगा।''

पांडे जी ने कहा, ''भाइयों, बेटियाँ हमारे समाज में साँझी में होती हैं। क्या एक किराएदार की बेटी, आपकी नजर में महत्त्वपूर्ण नहीं है? इन्होंने अक्षरशः वही कहा है, मुझसे जो मैंने पत्र में लिखा है। इनके बयान से ही मेरी बात सत्य साबित हो रही है।''

सरदार स्वर्ण सिंह, कपड़ा व्यापारी, तैश में खड़े हुए, ''साड्डे पंजाब विच ऐसे मामले तलवार नाल, तय होंदे ने। ओए किसी शरीफ बन्दे नू बणाओ, प्रेसीडेंट।'' अग्रवाल साहब, समिति के उपाध्यक्ष, बोले, ''भाईयों, इन बातों से सिद्ध होता है, कि पांडे जी ने अध्यक्ष जी पर जो आरोप लगाए हैं, वह सत्य हैं। उन्हें इन परिस्थितियों में खुद ही इस्तीफा पेश कर देना चाहिए।'' और फिर उन्हें अपना इस्तीफा पेश करना ही पड़ा।

जन्माअष्टमी के समारोह में जौहरी जी अलग-थलग खड़े थे। वर्चस्व को कायम रखने के लिए उन्होंने 'अपराध निरोधक समिति के पैड पर पांडे जी की शिकायत करवा दी थी।' जो सप्रमाण न होने के कारण पांडे जी के बॉस के पास ही आ गयी थी। शिकायत थी कि पांडे जी ने बहुत सा अनैतिक धन कमाया है, उनके कई प्लाट हैं, लॉकर हैं, चोरी का गेहूँ घर में आता है, वगैरह। पांडे जी फक्कड़ थे, उनके पास कोई लॉकर नहीं था, प्लाट भी नहीं था। अलीगढ़ में एक पुश्तैनी मकान जरूर था। जाँचकर्ता ने लिख दिया जाँच के बाद शिकायत असत्य व आधारहीन पाई गयी।

बेटियाँ आज टी.वी. कार्टून फिल्म देख रही थी। पांडे जी ने अपना स्कूटर स्टार्ट करते हुए सोचा, एक कमजोर छोटे-मोटे जैरी ने हट्टे-कट्टे, दबंग टॉम को मात दे दी, टॉम की कमजोरी बन गयी, जैरी की ताकत और गर्दन के पीछे हाथ ले जाकर, पीठ थपथपाई और ऑफिस चल दिए।

अटल जी ने अटल सत्य कहा था, ''आप दोस्त बदल सकते हैं परन्तु पड़ोसी नहीं।'' यदि आप अपने पड़ोसी से दुखी हैं तो मेहरबान कद्रदान पढ़िए, मेरी इस कहानी को।

बात एक रात की

उस दिन हर हर इतवार की तरह शरद और सुनन्दा, तीन बजे शहर में थे। रेलवे रोड से शॉपिंग के बाद, लौटते समय, छेरत में उन्होंने सब्जी खरीदी थी। किसी इतवार वह तीन से छह 'अप्सरा' या 'नन्दन' में फिल्म देख लिया करते थे। एक किलो-आलू, गोभी, प्याज और आधा किलो लौकी, करेले, परवल, ढाई सौ ग्राम शिमला-मिर्च, मटर, थोड़ी अदरक, नीबू वगैरह खरीदे थे। शर्मीले, संकोची से सूरज दादा, काली कमली ओढ़ कर सोना चाहते थे। कुछ सब्जी, स्कूटर की डिक्की में, कुछ सुनन्दा के पास थैले में थीं। शरद ने स्कूटर स्टार्ट कर लिया था, शॉपिंग का सामान और सब्जी का थैला लिए, सुनन्दा बैठ भी नहीं पाई थीं, कि स्कूटर आगे बढ़ गया था। थोड़ा भुलक्कड़ तो पहले ही था, कोढ़ में खाज, लेखन का शौक भी चर्राया था। सो बेखुदी, जुलाई-अगस्त की नदिया सी बढ़ चली थी। करीब एक किलोमीटर चल लिया, तो उसने सुनन्दा से पूछा, कि कहीं उसे ठंड तो नहीं लग रही। नवम्बर का आगाज था, सरदी, लजीली नव विवाहिता सी, सासरे के द्वारे हौले-हौले पग धर रही थी। कोई उत्तर न मिलने पर शरद ने पलट कर देखा, तो पीछे वाली सीट खाली थी। अब तो, काटो तो खून नहीं। कहाँ रह गयी। चलते स्कूटर से यदि गिरती, तो स्कूटर डगमगाता, आवाज होती। तो, क्या उसके बैठने से पहले ही, मैंने स्कूटर चला दिया। हाँ यही हुआ है, उसके बैठने से पहले...। 'शरद ने स्वयं को कई गालियाँ दे डालीं।' 'साले कितने लापरवाह हो तुम।'

वह सोव रहा था, कि वह सब्जी की दुकान पर इन्तजार कर रही होगी। वापस लौटा, तो उसे कासिमपुर वाली बस रास्ते में मिली थी। सुनन्दा न रास्ते में मिली, न सब्जी वाले के पास। क्या सुनन्दा, उसी बस में थी? परन्तु यदि थी, तो उसने मुझे पुकारा क्यों नहीं? बस रुकवाई, क्यों नहीं? निराश, शरद वापस लौट रहा था। लगभग नौ किलोमीटर दूर कासिमपुर पावर हाउस की कालौनी में रहते थे, दोनों पति-पत्नी। इलैक्ट्रिकल इंजीनियरिंग में डिप्लोमा किया था। शरद, पावर हाउस में कार्यरत था। सुनन्दा स्थानीय कन्या इंटर कॉलेज में अध्यापिका थीं।

बस सवारी उतार कर चली गयी थीं। क्वार्टर पर पहुँचा, तो वहाँ ताला लगा था। अरे यहाँ भी नहीं है, फिर गयी कहाँ? सब्जी फ्रिज में रखी। स्कूटर अन्दर रखा। पड़ोसी गुप्ता जी को अपनी समस्या बताई, तो बोले, "अरे यार, फिकर क्यों करते हो? यहाँ ताला बन्द देखा होगा, तो अपनी किसी सहेली के घर चली गयी होगी। सुबह आ जाएगी।" उसने सोचा, ठीक है, उसकी सहेलियों के घर जा-जाकर पूछते हैं। सुषमा, मायके गयी हुई है। उसने अनीता के घर जाकर पूछा। वन्दना और कविता के घर जाकर पूछा, परन्तु वह कहीं नहीं मिली। वह सोच-सोचकर परेशान था...कहाँ गयी सुनन्दा?

वह हताश, परेशान अपने क्वार्टर लौट आया था। सुबह की दाल-सब्जी फ्रिज से निकाल कर गर्म की, छह ब्रेडपीस के साथ खा लीं। पता नहीं क्यों, जब भी हमारा कोई प्रिय, कहीं अटक जाय, समय पर घर लौट न आए, तो तमाम अप्रिय विचार, गली के गुंडों से, हमें आ घेरते हैं, और अच्छे, प्रिय विचार सिर पर पैर रखकर, भाग निकलते हैं। उसे सहसा ऐसा लगा, कि सुनन्दा उससे मदद की गुहार लगा रही है। सुनन्दा सड़क पर चली जा रही है, तभी दो गुंडे-टाइप मुस्टंडे, उसका पीछा करने लगते हैं। उनमें एक नशीले द्रव वाला रुमाल उसे सुँघा देता है। पीछे से दो व्यक्ति और आ जाते हैं, और बेहोश सुनन्दा को गन्ने के खेत में उठा ले जाते हैं। फिर प्रिय विचार आया, कि सुनन्दा ने मुझे पुकारा होगा, फिर पीछे आती बस को हाथ दिया होगा, और चढ़ गयी होगी। क्वार्टर पर मुझ से पहले आ गयी होगी। वहाँ ताला लगा देखकर, अपनी किसी सहेली के घर चली गयी होगी...सुबह आ जाएगी।

रात के सवा नौ बजे हैं, पेट की भूख तो शान्त हो गयी है, परन्तु दिमाग में विचारों की रेलमपेल तो थमने का नाम नहीं ले रही थी। चलो बुद्धू बक्से से ही समय काटा जाय...। खबरें आ रही हैं, पाकिस्तान की नापाक फायरिंग से दो जवान और तीन नागरिक मारे गये हैं, सरकार ने विरोध व्यक्त करने की औपचारिकता निभा दी है। हमारे जवान मारे गये हैं सरकार ने विरोध व्यक्त करने की औपचारिकता निभा दी है। हमारे जवान मारे गये, परन्तु पड़ोसी नाराज नहीं होना चाहिए। पहाड़ी रास्ते में एक बस खाई में गिर गयी थी। लगभग पैंतीस यात्री काल के गाल में समा गये थे। एक छह वर्षीया बालिका का क्षत-विक्षत का शव, गन्ने के खेत में बरामद। बलात्कार के बाद हत्या की आशंका। अरे बाप रे...आप, यार लोग ऐसी कमसिन मादाओं को भी नहीं बख्श रहे, मेरी सुनन्दा तो बेहद जवान और खूबसूरत है, अभी तीस बसन्त ही तो देखे हैं। वह बेचैनी में पहलू बदलता है, और सीरियल देखने लगता है।

सीरियल में एक एम.पी. साहब हैं, जिन्हें एक छोटे से गाँव के अलावा अपने

चुनाव क्षेत्र में कुछ भी नहीं दिखता। वह सात-आठ लाख की जनसंख्या के नेता हैं, लेकिन एक अबोध बन्धुआ मजदूर लड़की की जान के, हाथ धोकर पीछे पड़े हैं। अजीब परिवार है, उनका। बाप, बेटे को कत्ल करने को तैयार हैं, और बेटा बाप की हत्या करने को तत्पर है, बहन, भाई की हत्या करने का उत्सुक है, तो भाई भी बहन की हत्या का इच्छुक है। वह, हमारा बुद्धू बक्सा समाज के समक्ष कितना आदर्श परिवार/एक अनुकरणीय उदाहरण प्रस्तुत कर रहा है। चैनल बदला तो सास बहू का सीरियल आ रहा था। नायिका, खलनायिकाओं के गैंग से घिरी रहती थीं, उसके आँसू 'वाटर ऑफ इंडिया' की तरह कभी थमते ही नहीं थे और हँसी जाड़े की धूप सी अल्पजीवी थी। टी.आर.पी. रोग के अतिरिक्त यह लोग 'विज्ञापन रोग' से भी पीड़ित हैं। आज हम टी.वी. के साथ विज्ञापन नहीं, विज्ञापनों के साथ टी.वी. देखते हैं। इनकी तानाशाही तो देखिए, यदि चार घंटे टी.वी. देखो तो दो घंटे विज्ञापन झेलो। यही नहीं, एक ही विज्ञापन कम-से-कम तीस बार देखो।

वह प्रयास कर-कर के हार गया था हर बार वहीं चित्र, बन रहा था कि चार मुस्टंडे मिलकर, उसकी सुनन्दा के साथ बलात्कार कर रहे हैं। क्या करें? बेचैनी के कारण, गैस जैसे ऊपर चढ़ रही थी। नवम्बर का महीना था, लेकिन उसे पसीना आ रहा था, और डकार थी कि बार-बार आ रही थी। एक गिलास पानी पिया कमरे से बाहर निकला। जीरो फिगर-चाँद आसमान में राजसी अन्दाज से मुँह चिढ़ा रहा था। फिर उसे याद आया, दो सी.डी उसने छुपा कर रखी थी।

एक सुन्दर सुडौल शरीर वाली युवती तीन-तीन युवकों के साथ केलिरत थी, कुछ हँसी मजाक भी करती जा रही थी, और तीनो को एक साथ आनन्दित कर रही थी। सहसा वही चित्र दिलो दिमाग में ताजा हो गया था। ऐसा प्रतीत हुए कि जैसे वह युवती सुनन्दा है और चीख रही है, मदद की गुहार गला रही है। फिर उसे याद आया कि आज तो उसने काले रंग का ब्लाउज पहना था, जिसमें पिछवाड़े पर एक बड़ी सी खिड़की थी, जिसके ऊपर रेल के डिब्बे में लटकती चैन सा, एक फुँदना लटकता हुआ ाि। उसमें से झाँकती, उसकी सुडौल गोरी मक्खन सी कमर। विश्वामित्र से ब्रह्मर्षि भी फिसल गये थे। और वो लेडीज टेलर...नमूने का ब्लाउज होते हुए भी, नाप तोल है, बदमाश...कहीं का। वह भी दुकान के अन्दर नहीं घुसता...जा सिमरन...जी ले अपनी जिन्दगी।

बेचैनी में गैस ऊपर चढ़ रही थी, बार-बार डकार आ रही थी। फिर उसे याद आया...पुदीन हरा कैप्सूल। दो कैप्सूल के साथ एक गिलास पानी पिया, थोड़ी देर वज्रासन में बैठा। अब वह दूसरी सीडी देख रहा था। इसमें तीन स्त्रियों, एक पुरुष को 'लूट का माल' समण कर साझेदारी में भोग रही थी। फिर कुछ समय दो स्त्रियाँ भी परस्पर केलिरत थी। फिर धीरे-धीरे दो पुरुष और पधार गये थे। दृश्य बराबरी का

हो गया था। फिर दो पुरुष और पधार गये थे। और उसे दिलो दिमाग में वह चित्र आ विराजा था। असहाय चीखती चिल्लाती सुनन्दा, और उसे अपनी हवस का शिकार बनाने चार-चार मुस्टंडे।

घबरा कर वह वहीं सीडी दोबारा चला देता है। घड़ी की ओर देखा, सवा तीन बज रहे थे। अकस्मात उसे प्रतीत हुआ कि जैसे सुनन्दा उसके सामने खड़ी है। फटा हुआ ब्लाउज, बाल बिखरे हुए, हाँफती-काँपती "शरद श-र-द...मैं...लुट-ट-गयी-शरद। मुझे ज-ह-र-दे-दो...मैं मरना चाहती हूँ। इज्जत की मौत।" वह संशय-ग्रस्त सा खड़ा है...। किंकर्तव्यविमूढ़।

उसे ऐसा प्रतीत हुआ कि उसकी आत्मा एक सजग पत्रकार की तरह उसका साक्षात्कार ले रही है। "कहिए श्रीमान शदर कुमार, इस 'अपवित्र' स्त्री को स्वीकार करेंगे?..." "क्या करूँ...सोचता हूँ लोग क्या कहेंगे? बाहर निकलना दूभर हो जाएगा।" "अरे जिसकी जेब कटी, डकैती, राहजनी जिसके साथ हुई, क्या उसे ही दंड दोगे? उन मरखने सांडों के तो बाल टेढे कर नहीं पाते। यह समाज तो सदा कमजोर के गाल पर ही थप्पड़ मारेगा...।" "नहीं मैंने अगिन साक्षी मान कर उससे विवाह किया है। मैं मर्यादा पुरुषोत्तम की तरह, अपनी सुनन्दा को बनवास नहीं दूँगा। मैं तो उस धोबी को दो थप्पड़ मारूँगा, और पूछूँगा कि उसका पति अभी जिन्दा है, वह कौन होता है, किसी की पत्नी को चरित्र-प्रमाण पत्र देने वाला।"

दोनों सी-डी दो बार चल चुकी थी। करीब साढे पाँच बजे उस कुर्सी पर बैठे-बैठे नींद आ गयी थी। लगभग साढ़े छह बजे द्वार पर घंटी बजी थी। "अरे वह आ गयी। सोचते हुए उसने झपट कर सीडी प्लेयर बन्द किया, और द्वार खोला। और वा-क-ई—वह आ गयी थी।"

वह सुनन्दा ही थी, उसकी अपनी सुनन्दा। न उसका ब्लाउज फटा था और न बाल बिखरे थे। सब्जी का थैला, और बैग जमीन पर पटका और शरद को मुस्करा कर देखा। वह उसे गुस्से में थोड़ी देर घूरता रहा, "कहाँ चली गयी थी, यार?" "अच्छा जी, मेरे बिना ही बैठे ही, स्कूटर हॉक दिया, अब पूछ रहे हो, कि कहाँ थी?, लेकिन उसने जैसे सुना ही नहीं, उसे बाँहों में भर कर ऐसे भींचा कि वह चिल्ला पड़ी, "अरे...मा-रो-गे-क्या? अरे म-री-। अरे सुनो तुम्हें दो बार पुकारा, फिर बस आ रही थी, पीछे से उसे हाथ दिया और आ गयी।" "अच्छा अब तो बता, दो कि किसके घर गयी थी? तुम्हारी सारी सहेलियों के घर पूछ आया। और ये बताओ कि तुम बस में थी, तो मुझे पुकारा क्यों नहीं?"

—अरे बाबा, सुषमा के घर गयी थी। और बस ठसाठस भरी थी, बाहर कोहरा था।

—अच्छा सु-ष-मा के घर...? अरे, वो तो मायके गयी थी।

—अरे तो, मायके कोई हमेशा को गयी थी। एक हफ्ते में लौट आई। मैं बैग और थैले लिए जा रही थी, तो अपने द्वार पर खड़ी मिल गयी। बोली, कि ये तो लखनऊ गये हैं, आज तू ही बिस्तर गर्म कर दे।

—तो एक चक्कर भी नहीं लगाया, कि ससुरा हस्बैंड रो-रो कर बैंड बजा रहा हैं। सारी रात बेचैनी रही, बुरे-बुरे विचार आते रहे।

—आई थी करीब सात बजे...ताला बन्द था, वापस चली गयी, सुषमा ने भी कह दिया, कि जागने दे बच्चू को, बीबी बैठी है या नहीं, बिना देखे चल दिए। बीबी का ध्यान रखना सीख जाएँगे।

—अच्छा...ऐसा कहा एक काली कलूटी ने। ठीक है, जा चली जा, उसी के पास।

''अरे कैसी बात करते हो, मेरे भोले बलम, मैं तो मजबूरी में उसके घर रही। मैं तो तुम्हारी चीज हूँ, मैं क्यों कहीं जाऊँ? वैसे पिया जी, रात में नीली वाली सीडी देख रहे थे, मैं आई तभी सीडी प्लेयर बन्द किया है...है ना।'' इतराते हुए सुनन्दा ने कहा और गोरी बाँहों का हार शरद के गले में डाल दिया था।

''तो इसी बात पर 'मीठा मुँह तो करा दो (इस दम्पत्ति का कोड 'मीठा मुँह' का अर्थ—होंठों का चुम्बन)'' थोड़ी देर बाद सुनन्दा चाय बनाने चली गयी थी।

शरद को एक पुराना गाना याद आ रहा था, 'संसार की हर शै का इतना फसाना है, इस धुँध से आना है, इक धुँध में जाना है।' दरअसल, जिन्दगी, एक कोहरे से भरी सड़क पर चलना ही तो है। दो-चार मीटर दूर का भी दिखाई नहीं देता। पता नहीं कौन सा वाहन सामने आ जाए। जीवन का भी, क्या पता अगले पल क्या होगा? पता नहीं अगले पल कौन सी बाधा सामने आ जाय? हर बाधा/मुसीबत अपना टैक्स लेती, कर्ज वसूलती है, यथा कुछ समय, शारीरिक-मानसिक कष्ट या धन...। जैसे कल हुई उसकी एक भूल, उसकी एक रात का चैन लग गयी थी।

तिवारी जी की बड़ी बिटिया

यूँ तो यह समाज सदा से पुरुष प्रधान रहा है, है और रहेगा। परन्तु तिवारी जी ऐसे पुरुषों में है, जो स्त्री को बराबरी का दर्जा देने का प्रयास करते हैं। दो पुत्रियों पर ही नसबन्दी कराकर 'बापत्व' का बलिदान कर देने वाले, तिवारी जी की माँ को, पोते की बहुत लालसा थी। उन्होंने कैंसर पीड़ित माँ को, मृत्युपर्यन्त यह राज उजागर नहीं होने दिया। बहरहाल, हमारे प्रमोद तिवारी ने दो बेटियों से ही अपना जीवन सुखमय बनाया है। वह अपनी बेटियों को एक भले बाप की तरह उतना ही प्यार करते हैं, जितना कोई अपनी दोनों आँखों से, और बेटियाँ भी उन पर उतनी ही जान छिड़कती हैं।

बड़ी, सारिका, स्वभाव से सहनशील, जब कि छोटी, शुभ्रा, अन्याय के विरुद्ध उठ खड़ी होने वाली। सारिका, ज्ञान के लिए पढ़ना चाहती, शुभ्रा परीक्षा के दृष्टिकोण से। प्रायः शुभ्रा के प्राप्तांक, पाँच से दस प्रतिशत अधिक होते थे। सारिका आजकल अपनी कोचिंग चला रही है, वहाँ शुभ्रा, आई.ई.एस. अधिकारी है। तिवारी जी ने दोनों को संघर्ष करना सिखाया था। वह उन्हें प्यार से गब्बर सिंह वाले अन्दाज से पुकारते, "अरे ओ...फउजी नम्बर एक और दो।"

आजकल सारिका अपने राम-लखन के साथ, उनके पास आई हुई थी। तिवारी जी धेवतों के साथ क्रिकेट खेल कर आ रहे थे। वह सोच रहे थे, कि वह थोड़े और बड़े जहो जाँय, तो उनक साथ लूडो, साँप सीढ़ी, ताश वगैरह खेल जा सकते हैं। पाँच वर्षीय अनघ जो कभी, उनके ही कन्धे पर सवार रहा करता था, अब कार्टून नेटवर्क में व्यस्त था। जब कि तीन वर्षीय अमोघ उनसे बातें किए जा रहा था। उन दोनों के साथ खेलने में उन्हें जिन्दगी का भरपूर व असली मजा आ रहा था। शायद, उतना मजा तो अपनी औलाद खिलाने में भी नहीं आया था। शायद, उस समय उन्हें उनकी पढ़ाई, करियर और शादी की चिन्ता सताती रही होगी। वह और पत्नी शान्ता ने कितने पापड़ बेले, इन कुत्थियों को सुलझाने में।

अब बरामदे में बैठे वह सोच रहे थे, 'काश सारिका फिर से नन्ही-मुन्नी

गौरइया सी हो जाती। दौड़ती आती, और नंग-धड़ंग उसकी गोद में आ बैठती। आफिस से लौटने पर, दबे पाँव आती, बिल्ली की चाल से, चुपचाप पीछे से आकर उनके कन्धे पर झूल जाती।'

सारिका और शुभ्रा दोनों ने इंजीनियरिंग प्रवेश परीक्षा एक साथ दी थी। शुभ्रा पहले प्रयास में ही इलाहाबाद के एम.एन.आर. में स्थान पा गयी, परन्तु सारिका का मैरिट में नाम पीछे था, अस्तु प्राइवेट कालेजों में दाखिला मिलता। वह अपने पिता का खर्च बचाना चाहती थी, इसलिए इंकार कर दिया। दूसरे वर्ष उसने फिर दिन रात एक कर दिए, परन्तु परिणाम लगभग वही रहा। हताश सारिका ने बी.एस.सी. में दाखिले की चर्चा की। तिवारी ने साफ कह दिया, ''बेटी, तेरे लिए दाल-रोटी की तो कमी है, नहीं। तीर-कमान तेरे हाथ है, और सिर पर खुला आकाश है। तू अपने मन की तो कर ले। मैं और तेरी माँ तेरे साथ हैं।'' खैर अगले वर्ष उसने कई परीक्षाएँ दीं, और कुल चार प्रवेश परीक्षाओं में वह सफल रही। तिवारी जी ने स्थानीय कालेज को वरीयता दी। यह तीन वर्ष आशा-निराशा, संघर्ष के रहे।

दाखिले के बाद तिवारी परिवार खुश था, कि अब दोनों बेटियाँ इंजीनियर बन जाएँगी। सारिका को भी सन्तोष था, कि चलो एक उद्देश्य तो पूरा हुआ। परन्तु कुछ विचित्र प्रकार की कठिनाइयों, सुरसा सी मुँह बाए खड़ी थीं। कोचिंग के साथी, छात्र-छात्राएँ, कोई उससे दो वर्ष सीनियर था, कोई एक वर्ष। उनके सामने रैगिंग देना, खासा अपमानजनक था। कुछ सीनियर छात्रों ने उसे 'दीदी' कहकर चिढ़ाना शुरू कर दिया। यह बात सारे ग्रुप में उड़ चुकी थी, कि छोटी बहन जो उससे एक वर्ष पीछे थी, अब उससे दो वर्ष आगे थी, और एम.एन.आर. से बी.ई. कर रही थी। दूसरों के फटे में पैर अड़ाना, निन्दा-रस तलैय्या में डुबकी लगाना, प्रायः लोगों को बहुत भाता है। अन्तिम वर्ष में तो कोचिंग का एक साथी, लैक्चरर बन कर आ गया, और उसी की क्लास लेने लगा। तीसरे वर्ष में उसकी मोपेड का एक्सीडेंट हो गया, सो एक महीने की परेशानी रही।

दोनों बेटियों के इंजीनियर बनने पर तिवारी जी खुश थे। परन्तु ठन-ठन गोपाल हो गये थे। शान्ता के सारे गहने बिक चुके थे। बेटियाँ जिक्र करतीं तो वह हँस कर टाल जाती, ''मेरा गोल्ड तो तुम हो। तुम दोनों योग्य बन गयी, किसी अच्छे काम में लग गया।'' दो वर्ष बाद तिवारी जी के पास ले-दे कर इतना पैसा जुट पाया, कि सारिका के लिए वर की तलाश कर पाते। उस जमाने में भी तीन-चार लाख की शादी 'बिना दहेज' वाली श्रेणी में आती थी। अरे, इतना तो बारात के स्वागत में लग जाता था।

बहरहाल, वर की तलाश शुरू हुई। एक वर एयरफोर्स में पाइलट था, लेकिन सब ठीक-ठाक होते हुए भी, पत्री नहीं मिली। दूसरा गुड़गाँव में इंजीनियर था,

पिता इलाहाबाद में लैक्चरर थे, तिवारी जी वर को देखकर सन्तुष्ट हुए। उनसे पूछ बैठे कि आप लोग कैसी शादी चाहते हैं? ''फार दिस मैटर, यू विल हैव टू टाक टु माई फादर।'' वह का उत्तर सुन कर उन्हें पछतावा हुआ। पिता से वार्तालाप हुआ, तो उन्होंने प्रश्न दाग दिया कि आपका 'संकल्प' क्या है? तिवारी जी समझ गये, पुत्र को सुन्दर कन्या, योग्य कन्या, पिता को मोटा दहेज़...सब अपना-अपना रोल निभा रहे हैं।

एक वर, चीन की एक स्टील फैक्ट्री में इंजीनियर था। दिल्ली हाट में वर-कन्या का साक्षात्कार हो गया। बाद में पिता का फोन आया, कि बिटिया तो आपकी ओ.के. है, अपना 'एस्टीमेट' बता दीजिए। 'एस्टीमेट' सुनकर तुरन्त फोन बन्द कर दिया। एक वर जापान की एक फर्म में मैनेजर था, अंसल प्लाजा में मिलना-जुलना हुआ। दो महीने बाद वर की माँ का फोन आया, कि पत्री नहीं मिल पाई।

एक वर टाटा स्टील, बोकारो में मैनेजर था। वर के पिता ने कहा कि अपनी बहू से नौकरी कराने की परम्परा, हमारे खानदान में नहीं है। लड़के का लाख सालाना का पैकेज है, उसे तो परिवार सँभालना है। कन्या पहले हम देखेंगे, फिर बेटा देखेगा, वही फाइनल करेगा। लौटते समय शान्ता बड़बड़ा रही थी, ''देखो तो जरा, खुद मियाँ-बीबी काले तवे, बेटा भी वैसा ही होगा। बहू चाहिए गौरी मेम। हमें तो नहीं करनी बेटी, दो-दो बार नुमाइश। ये भीतो कह रहे थे, कि हमारे डिफेंस में तो सूपड़ा साफ है, आपके एफ.सी.आई. में तो ऊपरी आमदनी खूब होती है।''

अब धैर्य का बाँध टूट चुका था, सारिका विद्रोह पर उतारू थी, कि अब और नुमाइश नहीं करूँगी।

एक रिश्ता झाँसी से था, पिता फैक्ट्री मालिक, वर विप्रो, मुम्बई में इंजीनियर। पिता मितभाषी, माता बहुत तेज तर्रार। माँ ने कहा कि कन्या को ले आते, लगे हाथ बात फाइनल हो जाती। लो कल्लो बात, हम अपनी बिटिया को लिए-लिए फिरते। अरे, ललिता पवार टाइप सास है, दो-दो देवरानियाँ अन्दर बैठी रहीं। बाहर निकल कर नहीं आईं, न उसने बुलाया। देवरानियों को इतना दबाती है? इतनी तेज सास के साथ लड़की कैसे निभाएगी?'' तो इस प्रकार यहाँ भी पीछे हटना पड़ा। बेटी वाले का दिल कितना? सभी डर गये थे।

उस समय, उन्हें ऐसा प्रतीत होता, जैसे त्रिवेदी जी, चतुर्वेदी जी, शर्मा जी, शुक्ला जी, पांडे जी सारे बेटे वाले 'जी', सभी उन्हें सशस्त्र घेरे खड़े हैं। उन्हें धमका, डरा रहे हैं, ''अरे तुम्हारी बिटिया इंजीनियर है तो क्या, बेटी के बाप हो, दहेज तो देना ही पड़ेगा? क्या है, अंटी में नि-का-लो। सं-क-ल्प क्या है? अरे एस्टीमेट...क्या है? निकालो...नि-का-लो।''

वह डर कर सारी जेब खाली कर देते हैं। फिर खिसियानी हँसी हँसते हुए

कहते हैं, ''देखो भाइयो, जैसे तुमने अपने बेटे को बी.टेक पढ़ाया, मैंने भी पढ़ाया। अब किस बात का दहेज? क्या बेटी के बाप होने का दंड है? मेरा पैसा...वा-प-स करो।'' उनकी माँ कहा करतीं, कि तेर ये दो हीरे हैं, हीरे। लेकिन जौहरी कहाँ सो गया?

कहते हैं, कि उसके घर देर है, अन्धेर नहीं। एक दिन तिवारी जी को दिखाई दिया, 'एंड ऑफ द टनल' अर्थात 'सुरंग का अन्त' जहाँ से उजाला फूट रहा था। लखनऊ के श्रीकान्त मिश्रा का वैवाहिक विज्ञापन, कि उन्हें बी.टेक या एम.बी.ए. वधू चाहिए, और बिना दहेज वाली शादी। पिता एम.ई.एस. में गैरिसन इंजीनियर वर सिविल इंजीनियर। विवाह निर्विघ्न सम्पन्न हो गया।

जिन परिवारों में पिता अधिनायक हो, वहाँ माता आया की भूमिका अपना लेती है। श्रीकान्त के परिवार में बिना उनकी इजाजत परिन्दा भी पर नहीं मार सकता था। लखनऊ में उन्होंने एक भव्य घर बनवाया था, फिर अपने इकलौते बेटे को बैंग्लौर से इस्तीफा देकर, लखनऊ बुलवा लिया था। आजकल वह एक आर्किटैक्ट मित्र के साथ मिलकर कंस्ट्रक्शन कम्पनी चला रहा है। उसकी पत्नी और पार्टनर की पत्नी जो इंजीनियर थी, आफिस सँभाल रही थी। बाहर पोस्टिंग होते हुए भी श्रीकान्त लखनऊ वाले घर की पूरी खबर रखते, पूर्ण नियन्त्रण रखते थे। बेटी शादी के बाद पराई हो गयी थी, श्रीकान्त को गहरा पुत्रमोह था, यद्यपि वह स्वभाव से डिक्टेटर थे।

शादी के करीब दस महीने बीत चुके थे। 'सर्वाइकल' के कारण सारिका की माँ एक हफ्ते से बैड रेस्ट थीं। रसोई तिवारी जी और शुभ्रा ने सँभाली हुई थी। सारिका की इच्छा हुई माँ से मिलने की। शुभ्रा उस समय आई.एम.एस. गाजियाबाद में लैक्चरर थी। तिवारी जी ने फोन पर दामाद आकाश से पूछा कि पापा की अनुमति ले ली, या नहीं तो उसने हाँ कहा। दरअसल, उसने अनुमति नहीं ली, वह भी भयवश। जिस दिन सुबह, सारिका, माँ के पास पहुँची थी, उसी रात, मिश्राजी का फोन आ गया, कि आपने अपनी बेटी को यही संस्कार दिये हैं। उसने मायके जाने से पहले, मेरी इजाजत की जरूरत नहीं समझी, और न जाने क्या-क्या, वह भी सारिका की माँ से। तिवारी जी दूसरे दिन सुबह ही बस से सारिका के साथ गाजियाबाद से लखनऊ चल दिये। रात ग्यारह बजे केसरबाग बस अड्डे पहुँचे। दामाद ने अपने मित्र को सारिका को रिसीव करने भेज दिया था। विदाई के समय तिवारी जी और उनकी बिटिया दोनों की आँखों में आँसू थे। एक प्रश्न उनके दिलो-दिमाग को मथ रहा था 'क्या बेटी का बाप होना एक अपराध था, गुनाह था?' वह अपनी बस से उतर कर, वापस गाजियाबाद वाली बस में जा बैठे थे। रात बारह बजे के चले अगले दिन सुबह दस बजे गाजियाबाद पहुँचे।

दरअसल, मिश्राजी को अपनी ऊपरी आय, अपने धनवान होने का बहुत घमंड था, इतना कि तिवारी जी जैसे लोगों को वह कीड़ा-मकौड़ा, मक्खी-मच्छर, समझते थे। कहते थे, जिसमें बुद्धि होती है, उसी के पास लक्ष्मी निवास करती है। मेरी जहाँ भी पोस्टिंग रही, अपने जे.ई. जो स्कूटर, मोटरसाइकिल वाले थे, उन्हें कार वाला बनवा दिया। मेरा स्टाफ मुझे भगवान की तरह पूजता है। रिटायरमेंट के बाद भी जहाँ बुलाऊँगा, वे आएँगे। भले ही बिना दहेज की शादी की थी, लेकिन तिवारी जी के ऊपर इसका अहसान धर दिया था, उन्हें तीन-तीन बार फटकार चुके थे। पहली बार जब बरेली थे। फोन पर उनसे फर्नीचर खरीदने की बात करते समय बोले कि बरेली में फर्नीचर सस्ता और अच्छा मिलता है। बस 'सस्ते' शब्द पर बिगड़ गये। "मिस्टर तिवारी ह्वाट नानसेंस, 'सस्ता' क्या होता है?" मेरे घर में कोई चीज सस्ती नहीं है। बोन चाइना की, "बेस्ट क्राकरी मेरे में मिलेगी, मैं हजार रुपये से कम जूते नहीं पहनता। आपको पता है, बेटे-बहू के कमरे की टाइल्स, किस रेट की हैं? आपको पता है, महँगा रोए एक बार सस्ता रोए बार-बार। बारात में मेरे ब्रिगेडियर, कर्नल और दूसरे सिविलियन अफसर आएँगे, उनका स्वागत अच्छा होना चाहिए, समझे। शान्ता ने कहा, "बाप रे बाप, समधी साहब तो बड़े कड़क है। कैसे निबाह होगा?"

अभी कुछ दिनों की बात है, रिटायरमेंट के बाद भी वह अपने ऑफिस में बाकायदा बैठते थे। गर्मी का मौसम था वह दोपहर में खाना खाने के बाद उनके ऑफिस में बाकायदा बैठते थे। गर्मी का मौसम था वह दोपहर में खाना खाने के बाद उनके ऑफिा में जा पहुँचे। फिर फटकारे गये, तिवारी जी! आप मेरे ऑफिस में बिना शर्ट चले आए, जाइए कुछ पहन कर आइए।" एक बार वह बीमार थे, अस्पताल में भर्ती थे। देखने जाना ही पड़ा। सपरिवार उनके अस्पताल पहुँचे, तो सारिका को देखकर बोले, "बेटा, सीता मैया तो शादी के बाद एक बार भी मायके नहीं गयीं। विवाह के बाद ससुराल ही स्त्री का घर होता है।"

हर अपमान सह गये तिवारी जी, समधी जी का, जो उम्र में छोटे, रुतबे में बड़े थे। आखिर लड़के वाले थे। उन्हें सात खून माफ थे। अन्दर की बात यह, कि उन्हें भय था, कि इसका बदला उनकी प्यारी बिटिया से न लिया जाय।

अब क्या करें तिवारी जी, यह ममता बहुत बुरी चीज बनाई, ऊपर वाले ने। सच तो यह है, कि ऐसी संस्कार वाली, सहिष्णु, गुणवन्ती बिटिया के लिए, एक बाप जो न करे, वो थोड़ा है। जब ग्यारहवीं में थी पुराना स्वेटर छोटा हो चुका था, नया पहली तारीख को आना था। उन्होंने पूछा, "चल तुझे नया स्वेटर दिलवा दूँ।" तो बोली, "मुझे ठंड ही नहीं लगती।" यद्यपि उन्हें मालूम था, कि टैम्पो में बैठने पर उसे ठंडी हवा खूब लगती होगी। उनका बचपन तिवारी जी के अर्थाभाव का

रहा, परन्तु कभी कोई जिद नहीं की, न कोई ताना दिया।

जुझारू इतनी कि तीन साल रात-रात भर जाग कर पढ़ती, पेपर देती सफलता न मिलने पर, दो दिन तकिए में मुँह गाढ़कर रो लेती, फिर उठ खड़ी होती। तिवारी जी चियर अप करने को प्रयास करते तो शान्ता समझती, एक-दो दिन बाद खुद उठ जाएगी। तिवारी जी बाहर स्कूटर लेकर निकल जाते, ह्विस्की पीने व मुर्गा भक्षण जैसे अब्राह्मण कर्म कर वापस आते। सारिका को गब्बर सिंह के अन्दाज में पुकारते, "अरे कहाँ हे रे फौजी नम्बर वन।" उनका बेटियों को प्रोत्साहित करने का अपना अन्दाज था। और एक विज्ञापन "आयोडेक्स मलिए, काम पर चलिए।"

सरकारें चिल्लाती रही हैं, बेटियाँ बचाओ,...कहाँ बच पाती हैं, बेटियाँ। अपने मा-ब्राप का घर छोड़कर, पिया के घर जा बसती हैं। वहाँ सास, ननद, देवर, जेठ, ससुर में से कम से कम एक तो 'टेढ़ा' मिल जाता है, उसके साथ एडजस्ट करते-करते जिन्दगी बीत जाती है। जहाँ एक से ज्यादा 'टेढ़े' होते हैं, वहाँ जल्दी मर, खप जाती हैं।

विचारों में बेटियाँ जानने वाली माँएँ दिखाई देती हैं, और नवजात बेटियों के मुँह में मदार का दूध चुआती, उनकी दादियाँ। एक जनाने अस्पताल में जच्चाएँ एक लाइन से बेटियों वाली, फिर सामने उन्हें कोसती उनकी सासें, "अरी कुलच्छनी इस बार भी बेटी ही जन दी। मेरे बेटे की सीने पे दाल दलने को।" तिवारी जी के हाथ में छोटा सा माइक था, "अरी मूर्ख औरतों, सोचो तुम्हारे पैदा होते ही, यदि तुम्हारी दादी भी तुम्हें ऐसे ही कोसती, विष देकर मार देती, तो न तो तुम होती, न तुम्हारा बेटा, न तुम्हारी बहू। एक हजार में दो सो लड़के तो अब भी कुँआरे रह जाते हैं। ऐसा ही रहा तो पाँडवों का जीवन जीना पड़ेगा, आपको।"

विचार प्रवाह फिर वापस आ गया, फिर उसी...पुरानी बात पर। ना बाबा ना... नहीं चाहिए, बेटियों का बचपन...। अभी तो धेवतों को खिलाने में बहुत आनन्द आ रहा है। छोटी की बेटी खिलाने में भी खूब आता है, अपार आनन्द आता है। यही है बुढापे की असली, टिकाऊ अय्याशियाँ...। अमोघ उन्हें हिला रहा था, "नानू...घुम्मन चलो ना...आ...इ...स...क्रीम।"

टका सेर आजादी

एक थे आजाद कुमार, एकदम आजाद ख्याल। उनकी साँस-साँस में बसती थी, आजादी। प्राय: उन्हें प्रतीत होता, कि वह आजादी के दीवाने, अमर शहीद चन्द्रशेखर 'आजाद' के खानदान के हैं। ऐसे समय में वह शर्ट न बनियान उतार देते, और दाएँ हाथ से बाईं मूँछ उमेठने गलते। गोरा रंग, स्वस्थ शरीर बड़ी-बड़ी आँखें, शीशे में देखकर भी कहते कि मैं हूँ आ-जा-द। दरअसल, तीन बहनों के इकलौते भाई थे। पिताजी बिहार के मुजफ्फरपुर के एक गाँव में प्राइमरी अध्यापक थे, वैसे करीब बीस बीघा खेती भी थी, तीन बहनों के इकलौते भाई थे। पिता रामदास और माँ जानकी देवी, उस पीढ़ी के थे, कि जो माता-पिता कह दें मान लिया, जो वह कह दें पहन लिया। माँ-बाप जहाँ बैठा दें, बैठ गये, जहाँ उठा दें, उठ गये। परन्तु आजाद कुमार ठहरे, यथा नाम तथा गुण। जूतों से लेकर पैंट, शर्ट, बैल्ट सब खुद ही शहर जाकर खरीदते थे। किसकी मजाल जो अपनी पसन्द उन पर थोप दे। बहनें कभी भइया की नकल करने की कोशिश करतीं, तो डाँट दी जातीं। कुल मिलाकर, उनकी जिन्दगी का एक ही गीत था, "मैं चाहे ये करूँ, मैं चाहे वो करूँ, मेरी म-र्जी।"

नकल का जुगाड़ लगता रहा, और छात्र नेता, आजाद कुमार लुढ़कते-पुढ़कते बी.ए. कर गये। सोच आई.ए.एस. की, लेकिन कर्म तो 'दास मलूका कह गये सबके दाता राम।' कस्बे के एक और दिग्गज छात्र नेता थे, जो उस समय घर छुट्टी बिताने आए थे। आजाद कुमार, उनसे मिले और अपनी रामकथा कह सुनाई, तो वह जोर से हँसे, उनके कन्धे पर धौल जमाया, "जो पढ़ाई में लद्दड़ होता है, पॉलिटिक्स में वही अव्वल होता है। यहाँ दो और दो कभी तीन होता है, कभी पाँच। अरे हमें तो ऐसे बन्दों की जरूरत है, जिन पर भरोसा किया जा सके। तुम दिल्ली आ जाओ एम.ए. में एडमिशन करा दूँगा। फिर मेरे साथ नेतागिरी करना।"

दो बैग और एक बिस्तरबन्द सहित आजाद दिल्ली जा पहुँचे। उनके पिताजी डर रहे थे कि यहाँ रहकर ही पाजामे से बाहर है, दिल्ली पहुँच कर तो इसके पर लग जाएँगे। लेकिन मन मसोस कर रह गये। अभी तक उनका लाड़-प्यार था, कि

आजाद सर्वथा आजाद था। नेताजी कृष्ण कुमार ने उसका दाखिला एम.ए. (अर्थशास्त्र) में करा दिया था। बहुत जलवा था, कृष्ण कुमार का यूनिवर्सिटी में। वह बाँसुरी बजाता, तो गोपियाँ सब काम-काज छोड़ भागी चली आतीं। यद्यपि बाँसुरी से प्राय: 'विरोध स्वर' ही निकलते।

एक दिन गुरु कृष्ण कुमार ने चेले आजाद कुमार को आफर किया, एक पटियाला पैग। पहले तो उसने सिर हिलाया, फिर गिलास खाली कर दिया। गुरु का प्रवचन चालू था, "साथियो, याद रखो कोई भी शुभ कार्य, आन्दोलन, जनक्रान्ति शराब के बिना असम्भव है। अरे, पियोगे नहीं तो जियोगे कैसे? पता है स्वर्ग का अस्तित्व मदिरा, अप्सराओं, हूरों से ही तो है। जहाँ...श-रा-ब है, श-वा-ब है, वही स्वर्ग है, धरती पर। जहाँ यह नहीं है, वही नर्ग है।" महफिल में बैठी कन्याएँ गुरु को मन्त्रमुग्ध देख रही थीं। आजाद मन-ही-मन सोच रहा था, कि काश वह भी किसी के आकर्षण का केन्द्र बन पाता। धीरे-धीरे उसकी भी कुछ गर्लफ्रेंड बन गयी थी, जीवन सुखमय-रसमय बन गया था।

काश्मीर के कुछ असन्तुष्ट छात्रों ने एक सभा की थी। गुरु का उसमें भाषण हुआ। "भारत तेरे टुकड़े होंगे इंशा अल्लाह", "हमें चाहिए आ-जा-दी लेके रहेंगे आ-जा-दी।" गुरु ने सोचा कि यही मौका है, अपना टिकट पक्का करने का, मुस्लिम वोट बैंक पर कब्जा करने का। फलत: गुरु चेले ने दोनों हाथ उठा कर लगाए नारे। अगली सुबह उन दोनों के चेहरे टी.वी. और अखबारों में आ गये थे। देश में लोकप्रियता इतनी बढ़ गयी, कि विपक्ष के कई महारथी उनकी पीठ ठोंकने चले आए। अगले दिन गिरफ्तारी की सम्भावना हो गयी। आजाद के बाबूजी को पता चला तो वह भागे चले आए। परन्तु कृष्ण कुमार ने उन्हें समझाया कि दिल्ली में उन्हें गिरफ्तार करने वाला अभी पैदा नहीं हुआ।

आजाद, गुरु की महफिल में बैठा उनका प्रवचन सुन रहा था, "साथियो, कभी चीन के निवासी अफीम के नशे में धुत्त पड़े थे, लेकिन चैयरमैन माओ ने इस देश की तकदीर बदल दी। आज वह विश्व की सबसे बड़ी ताकत है, दुनिया उससे डरती है। अरे, ये देश भी कोई देश है? कितनी गरीबी? कितनी गन्दगी? कितनी बीमारी? और कितना भ्रष्टाचार? देश की सारी सम्पत्ति, धन-वैभव, दस प्रतिशत आबादी ने हथिया रखा है, बाकी सब भूखे-नंगे हैं। गरीब और गरीब हो रहा है, और अमीर और अमीर। चीन ही ऐसा देश जिसमें वेतन का अन्तर एक : दस से अधिक नहीं है।" प्रवचन के बाद आजादी अपनी उत्सुकता नहीं रोक पाया था, "गुरूजी क्या आप चीन हो आए हैं।" "गुरु मुस्कराए, अरे, चीन धरती का स्वर्ग है। इसके चारों ओर 'आयरन कर्टेन' है। किसी बाहरी को चीन का वीजा मिलना आसान है क्या? कामरेड, स्वर्ग किसी धर्म का क्यों न हो, वहाँ जाने के लिए पहले

मरना पड़ता है, स्वर्गवासी बनना पड़ता है।" यह कहकर गुरु ने छत फाड़ ठहाका लगाया।

उस दिन उसने इतनी ह्विस्की पी कि उसे एक के तीन दिखाई दे रहे थे। गुरु ने अपने प्रवचन में बताया था, कि यहाँ जैसी संकीर्ण मानसिकता वहाँ नहीं है। युवक-युवतियाँ स्वच्छन्द हैं, उन्मुक्त हैं, मुक्त सैक्स, व्यवहार की पूर्ण स्वतन्त्रता है। गुरु ने चीन देश की प्रशंसा में इतने पुल बाँध दिए थे, कि सोने से पूर्व आजाद सोच रहा था कि काश वह चीन जा पाता।

और उस रात उसे स्वप्न आ ही गया कि वह 'धरती के स्वर्ग' चीन जा पहुँचा था। चीनी युवतियाँ स्वस्थ थीं, सुन्दर थीं, उसे घेरे बैठी थीं, जैसे गुरु को उनकी गोपियाँ। परन्तु एक युवती उसे एकटक देख रही थी। आजाद से जब आँखें चार हुईं तो उसके दिल में अनेक वायलिन, सितार, बाँसुरी वगैरह बज उठे, एक समवेत स्वर में। दोनों एक दूसरे को देखते रहे, निहारते रहे एकटक,...अपलक। फिर आजाद का उससे विवाह हो गया। एक वर्ष वह प्रेम रस में डूबा रहा, आकंठ डूबा रहा। खुशखबरी यह थी कि उसके घर पुत्र हुआ था। जन्मोत्सव हुआ, पड़ोसी बधाई देने आए। दूसरे वर्ष उसके घर एक कन्या हुई और पत्नी का निधन हो गया। जन्मोत्सव मनाया परन्तु पड़ोसी चेता गये, कि दूसरी सन्तान को यहाँ सरकारी राशन, सरकारी नौकरी वगैरह कुछ भी नहीं मिलती। इसे किसी बेऔलाद को दे दो। बच्ची जवान हुई, तो खुद किसी लड़के के साथ भाग गयी। वैसे भी वह उसे मनहूस समझता था। वह शराब के नशे में चूर रहने लगा, और उसका बेटा भी उसे अकेला छोड़ गया। उस देश में सैक्स की पूरी आजादी थी। एक औरत जो खुद बहुत पियक्कड़ थी, उस पर मेहरबान हो गयी। उसके घर तीसरी सन्तान एक बेटी हो गयी। पड़ोसी आए उसे चेता गये कि यहाँ तीसरी औलाद को डाक्टरों की टीम मार देती है। वह उसे छुपाकर पालता रहा। लेकिन जब वह दो वर्ष की हुई तभी डॉक्टरों का दल आया और बच्ची के सिर में इंजेक्शन लगाकर, उसे मारकर, लाश साथ ले गया। तभी आजाद की भारतीयता जाग गयी, वह नारे लगाने लगा, 'ले के रहेंगे आजादी', 'हमें चाहिए आजादी'। पुलिस उसे बूटों से, बैंतों से मार रही थी। घबराकर उसकी आँख खुल गयी।

गुरु की महफिल में आजाद की हर शाम गुजरती थी, क्योंकि वहाँ शराब बरसती थी, और शराब ही नहीं, वहाँ शवाब भी बरसता था। चौथे पैग के साथ गुरु के प्रज्ञा चक्षु खुल जाते थे—"साथियो, बताइए क्या है, इस देश में? भेड़ों का देश है, भेड़ों का। इस देश के मन्दिरों में अपार धन सम्पदा है, सोचिए यदि इसे जनकल्याण में लगाया जाए, तो क्या हो? कितने अस्पताल, स्कूल, कॉलेज खुल जाते? यहाँ कानून बनते ही लोग, उसे तोड़ने का जुगाड़ लगा लेते हैं। अनुशासन

नाम की चीज, इस देश में है ही नहीं। साथियो, बढ़ती आबादी पर नियन्त्रण करने का वहाँ की सरकार ने निर्णय लिया, आज उसकी जनसंख्या नियन्त्रण में है। हिन्दुस्तान से तो उसके सम्बन्ध कभी अच्छे नहीं रहे, अब उसने पाकिस्तान का दामन थाम लिया है। देखना, अब पाकिस्तान को चमन बना कर रख देगा। कौरीडोर बना रहा है। वैसे भी मिलेट्री-राज जहाँ होता है, वह देश चुस्त-दुरुस्त रहता है।'' और गुरु ने पाकिस्तान की तारीफ के कई पुल बना डाले।

फलतः उस रात सोया, तो मदिरा की मद-सरिता में डूबते उतराते वह यही सोच रहा था कि काश वह पाकिस्तानी होता। गुरु ने वहाँ की सुन्दरता का बहुत 'हाट' चित्रण किया था। पाकिस्तान में वह बलूच हूरों से घिरा बैठा था। लाल-लाल दहकते गाल, अंग्रेजों सा चिट्टा रंग, गुलाब की पंखुड़ियों से होंठ, सुडौल संगेमरमर से बदन। एक बलूच युवती ने 'उसे देखा होकर मेहरबान, खो गयी ये ज़मीं, झुक गया आसमान।' उसने निकाह की इच्छा दर्शायी, परन्तु शर्त के साथ कि पहले इस्लाम कबूल करो। नहीं तो हम दोनों की लाशें नजर आएँगी।

खैर, अपनी लैला की खातिर आजाद कुमार, गुलाम अली बन गया। शादी हो गयी, और वह कई दिनों प्रेम रस में आकंठ डूबा रहा। लम्बे अरसे से घर में पड़े-पड़े बोर हो रहे थे, सो मियाँ बीबी निकले घूमने। हवा तेज चल रही थी, लैला का नकाब उलट गया था और बालों की एक आवारा लट माथे पर अठखेलियाँ कर रही थी। तभी चौराहे पर बैठे तालिबानी दस्ते की नजर उस पर पड़ी। ''ए लड़की, तेरा मुँह खुला है, बाल लहरा रहे हैं। ये पाकिस्तानी है पा-कि-स्तान। यहाँ ऐसी बेपर्दगी, बेहयाई...खड़ी हो जा, यहाँ।'' एक रौबीली आवाज गूँजी। वह थर-थर काँप रही थी, उसका रंग पीला-सफेद पड़ गया था, माफी माँग रही थी। तभी दो तालिबान उसे जीप में डालकर ले गये। ''तू यहाँ क्या कर रहा है, चल भाग यहाँ से।'' वहीं रौबीला स्वर गूँजा था। वह सिर पर पैर रखकर भागा। परन्तु भागते-भागते अकस्मात रुक गया, सोचा, थाने में शिकायत करते हैं।

थानेदार ने पहले उसकी बात सुनी, फिर मुस्कराया, ''अरे, तू तो वही है, कुछ दिन पहले हिन्दुस्तान से आया था। साला हरामजादा, तू इंडिया से आया, 'रा' का जासूस है।'' वह बहुतेरा गिड़गिड़ाया कि अब तो हिन्दू से मुसलमान हो गया हूँ, जिसे वो लोग भगा ले गये हैं, वो मेरी बीबी है। थानेदार दाँत पीस रहा था, ''अरे अल्लामारे, काफिर, तुम लोग गर्म तवे पर बैठकर भी कुछ बोलो, तो भी तुम्हारा कोई ऐतबार नहीं है। अरे, तेरा मुल्क भी कोई मुल्क है, अपने परधान मन्त्री को कोई, चोर, तो कोई पागल, कोई बिच्छू कहता है। बाखुदा, हमारे इमरान या बाजवा साहब की शान में कोई गुस्ताखी करे, तो कसम अल्लाह की हम उसकी जुबान गुद्दी से उखाड़ लें। जिन्दा दफन कर दें, उसे।'' अकस्मात हिन्दुस्तानियत ने जोर

मारा तो उसने आजादी के नारे लगा दिए। फिर और जोर से उसे कोड़े पड़ने लगे। आँख खुली तो वह पसीने-पसीने था।

गर्ल फ्रैंड पैसे की साथिन थी। अत्यधिक शराब पीने के कारण वह बीमार पड़ गया। उसके बाबूजी और माँ दोनों आए थे, उसे ले जाने। "आजादी...आ-जा-दी और कितना आजादी चाहिए तुम लोगों को। माँ-बाप, गुरु जैसे रिश्तों से तुम लोग पहले से आजाद हो। अधिकारों के लिए लहू बहाने को तैयार हो, कर्तव्यों को भूल चुके हो।" सरकार को गाली देने का फैशन बना लिए हो, बूझो कौन है, सरकार? अरे हम सब हैं, सरकार। आजाद ने बाबूजी की आँखों में झाँका; वहाँ माँ रोती-रोती उससे लिपट गयी थी। बाबूजी गला साफ कर बोले, "इस दलदल से निकल, मेरे बिटवा। तुम लोग बुडबक के माफिक चील के घोंसला में माँस खोज रहा है। चीन ओर पाकिस्तान जइसा मुल्क आजादी का माँग करने वाले, अपने करोड़ों नागरिकों को जिबह कर दिया है। अपने हिन्दुस्तान में तो पैट्रोल, डीजल, गेहूँ, चावल, कपड़ा, मकान सब बहुत महँगा है, हाँ तम्हारा आ-जा-दी सबसे सस्ता है। अरे दुनिया का अकेला देश है जिसमें बोलने का ही नहीं 'बकने का आजादी' भी है। बेटवा, अपने हिन्दुस्तान में, 'भाजी टका सेर नहीं रही, हाँ आजादी टका सेर है'।" अब तक के जमा लावा को निकाल कर शान्त हो गये थे, बाबूजी।

और अम्मा, आँखों में आँसू भरे उससे लिपट गयी, "चल बेटवा, अपने गाँव।" अब तीनों गले मिलकर रो रहे थे।

वो फेर आवेंगे

तो, एन पोस्ट ऑफिस वाले चौराहे पर थी, उसकी दुकान, अब भी है। लाख कहने पर भी जूस के पैसे नहीं लेता था। वह था, सरदार गुरुदीप सिंह, मेरे छोटे साले वीरेन्द्र उर्फ वीरू का यार और पड़ोसी। जीजा मुझे मालूम है, कि आपको डायबिटीज है, इसलिए आपके लिए शुगर-फ्री शिकंजी बना रहा हूँ। ये देखिए पाउडर, और पैसे आपसे कैसे लूँ एक तो रिश्ते में जीजा ऊपर से एक दिन आपने मेरी जान बचाई थी। याद है, दिल्ली स्टेशन पर बिताई वो रात। हाँ काके, वो रात कैसे भुला सकता हूँ। उस रात की सोचकर रोंगटे खड़े हो जाते हैं। बचाव वाला, तो सिरजनहार है, वही करता है, हम-तुम तो फकत एक जरिया हैं। तूने मुझे स्टेशन उस रात ग्यारह बजे पुकारा, और मैंने दूसरे दिन तुझे सही सलामत तेरे घर पहुँचा दिया। आखिर, मेरे छोटे साले का याड़ी था, तू सारा खुदाई एक तरफ, जोरू का भाई एक तरफ। सुन्या है कि नहीं काके।'' ''सुन्या है जीजू सुन्या है। सुन्या तो ये भी है, जीजू कि तुसी कहानी, शहानी लिखदे पेये हो। हमारी भी काहनी लिख द्यो। वो दिल्ली स्टेशन की रात। वो लाशें, वो दहशत, वो पानी में जहर वाली बात।''

नहीं भुला सकता गुरदीपे...नहीं भुला सकता। काका तो लिख रहा हूँ, चौबीस बरस पुरानी तुम्हारी कहानी।

जी हाँ...बात इकतीस अक्टूबर 84 की है। दोपहर में खबर जंगल की आग सी फैल गयी थी। तरह-तरह की अफवाहों ने उस आग में तेज हवा सा काम किया था। खबर थी, कि इन्दिरा जी की हत्या उनके ही बाडी-गार्ड ने कर दी थी। अफवाहें भर हवा में थी, कि सिखों ने जगह-जगह मिठाइयाँ बाँटी हैं, इस खुशी में। कोई जलजला आएगा, यह पूर्वभास तो नहीं था, परन्तु एक संशय सा उछल-कूद मचाए था, कि अब क्या होगा?

दीदी का गाजियाबाद लौटना जरूरी था, किन्हीं घरेलू कारणों से माहौल को देखते हुए, मैं साथ हो लिया था। करीब चार बजे हम अलीगढ़ बस स्टैंड से चले थे। हल्की गुलाबी ठंड शुरू हो चुकी थी, इक्का-दुक्का मर्द आधी बाँह के स्वेटर में

नजर आ रहा था। मई-जून के आतंकी सूर्यदेव, अब अहिंसक गाँधीवादी हो चले थे, धूप उनके विनम्र शब्दों सी हो चली थी। अँधेरों के साए लम्बे होने लगे थे।

गभाना पार करते ही, दस-पन्द्रह लोगों की एक चाकू-हॉकी वाली भीड़, बस रोक कर, उसमें जबरन आ घुसी थी। भीड़ का मुखिया धमकी भरे स्वर में बोल रहा था, "है कोई बारह-बज्जू, इस बस में?" है कोई सरदार? आज हम करेंगे, उसका उद्धार। "दो लड़कों ने पूरी बस भलीभाँति देखी। सीटों के नीचे झुककर भी। नहीं है, कोई शि-का-र।"

करीब दस किलोमीटर चले, तो फिर उसी प्रकार की आक्रामक हथियार बनद भीड़ ने बस को रोका। भीड़ का मुखिया ने सिर पर दायाँ हाथ गोल-गोल घुमा कर, जूड़े का इशारा किया, "है कोई ...? है कोई सरदार? उसे पहुँचाना है, नरक के द्वार।" कंडक्टर ने घुसते ही कह दिया था, "कोई नहीं है, भइया।" परन्तु भीड़ का तलाशी अभियान जारी रहा। तब तक अँधेरा हो चुका है। दो लड़कों ने टार्च से हर सीट के ऊपर नीचे देखा।

गाजियाबाद पहुँचते-पहुँचते नौ बज गये थे। हाकियों और चाकुओं और पिस्तौलों से लैस भीड़ ने बस को लगभग सात जगह रोका। हर बार कंडक्टर ने कहा, कि कोई नहीं है। परन्तु ही भीड़ ने पूरी गाड़ी को भली प्रकार जाँचा, सीटों के नीचे झुक-झुक कर देखा।

गाजियाबाद शहर में, इस समय दंगाइयों का राज था। आकाश में काला धुँआ उठ रहा था, शायद कुछ दुकानें, और घर जलाए गये थे। सामने एक जला स्कूटर खड़ा था, पास ही एक लकड़ी के खोखे के पीछे कोई जिन्दा जल रहा था। जलन वाले की कराहें, कुछ पल सुनाई दी, ड्राइवर कुछ पल रुका रहा, फिर उसने गाड़ी दौड़ा दी। बस स्टैंड के पास आबादी क्षेत्र में मजबूरन बस धीमी करनी पड़ी थी। बस स्टैंड के पास एक तिपहिया वाहन जल रहा था, आग टायरों और सीटों तक थी, टैंक पर पहुँचते ही यह बम की तरह फटेगा। काला धुँआ यहाँ भी आसमान छू रहा था। सवारी उततारने के उद्‌देश्य से पल भी को बस रुकी। पास की एक गली से "मारो-मारो...पकड़ो बचइयो रे...वाहे गुरू...बजइयो रे...।"

"हाय...रब्बा।" के स्वर आ रहे थे। यहाँ फैली अफरा-तफरी को देख ड्राइवर ने बस फिर स्टार्ट कर दी। "माहौल सही नहीं है। सवारियाँ दिल्ली किसी सुरक्षित जगह उतारूँगा। सुन लो सब। गाजियाबाद वाले बैठे रहो, उतरना मत।" बस की दो सवारियाँ बात कर रही थी, "दिल्ली, गाजियाबाद में तो सुना है, कि बन्दे को रोका, उसके स्कूटर से पैट्रोल निकाल कर, उसी पर छिड़का और आग लगा दी। बड़ी दरिन्दगी हो रही है।"

"अरे तो इन सिखों की भी तो मति मारी गयी है। अरे इन्दिरा जी मर गयी,

तो मिठाई बाँटने की क्या जरूरत थी?''

''अरे क्या पता कहाँ बँटी...? कब बँटी? कितनी बात सच, कितनी झूठ?''

एक यात्री कंडक्टर से कह रहा था, ''वो आदमी जिन्दा जल रहा था, इंसानियत के नाते, गाड़ी रोक कर उसे अस्पताल में भर्ती करा देते। इंसानियत की खातिर।'' भाई मेरे, मैं और मेरा ड्राइवर भाई, साथ में तीस-चालीस जान लेकर चलते हैं। साथ में डीजल का भरा टैंक। ऐसे लोग बारदात करके आस-पास छुप जाते हैं, या जाते-जाते लौट भी पड़ते हैं। दंगों में हर आदमी अपनी सेफ्टी खुद करता है। दंगाई आधा नहीं, पूरा पागल होता है, उसका क्या भरोसा, कब क्या कर बैठे? पुलिस का क्या है, वो घायल को भर्ती करने वाले के ही पीछे पड़ जाती है। तुम क्यों लाए? तुम्हीं ने ठोंक दिया होगा, वगैरह न जाने कितने सवाल?

कुछ दुकानों का सामान निकला पड़ा था, कुछ से धुँआ उठ रहा था। बस ऐसे इलाके से गुजर रही थी, जहाँ से दीदी का घर, पास पड़ता था। मैंने कंडक्टर से उतारने को कहा तो बोला, ''उतारने को उतार दूँ। मेरा क्या जाता है, और जिम्मेदारी ही कम होगी, लेकिन माहौल देख रहे हैं, आप—और आपके साथ तो लेडीज सवारी भी हैं, बहन जी ने सलवार-कुर्ता भी पहना हुआ है। इस समय, पता है, दंगाइयों को हर औरत सिखनी दिखाई दे रही होगी।'' दीदी यह सुनकर सहम गयी थीं, भाँजे अमित को कस कर अपने से चिपटा लिया था।

बगल में बैठा यात्री बोला, ''बहुत से सिख मारे गये, औरतों की इज्जत लुटी, दुकानें लुटीं और जलीं, बहुत बड़ी साजिश है। इकत्तर का बदला ले रहा है, पाकिस्तान, बंग्लादेश की तरह कश्मीर या पंजाब, हिन्दुस्तान से अलग हो जाएँ।''

''हाँ इन्दिरा जी ने भिंडरवाले को पैदा करके आग में घी झोंक दिया। एक और भस्मासुर पैदा कर दिया उन्होंने।''

करीब साढ़े नौ बजे पुरानी दिल्ली स्टेशन पहुँच गयी थी बस। कंडक्टर ने कहा, ''देखिए स्टेशन पर पुलिस का चौकस इन्तजाम है। यहाँ आप लोग रात गुजारो, सुबह अपने-अपने ठिकानों पर सुरक्षित पहुँच जाना। थक गये यार, हम भी यहाँ खाना-पीना करेंगे, देखेंगे कि बस डिपो ले जाएँ, या यहीं खड़ी करा दें।''

स्टेशन, खास तौर पर सारे प्लेटफार्म लुटे-पिटे, घायल, अधमरे यात्रियों से अटा पड़ा था। किसी ने होल्डाल बिछाया था, तो किसी ने दड़ी चादर, लेकिन सब सटे हुए। इतने सटे हुए कि बीच से निकलना भारी था।

स्लीपर क्लास, फर्स्ट क्लास, फर्स्ट क्लास एसी। सबके सब यात्रियों से अटे हुए। यहाँ तक कि उनके लैट्रीन-बाथरूम के आगे भी बिस्तर बिछे हुए थे। दरअसल, दहशत के मारे जो भी यात्री ट्रेनों से उतरे थे, शहर में न घुस कर प्लेटफार्म पर ही रुक गये थे। वैसे भी शहर में कर्फ्यू लग गया था।

चाय पीने की इच्छा हो रही थी, दीदी को सिरदर्द भी था। बड़ी मेहनत के बाद फर्स्ट क्लास बेटिंग रूम में दोनों अदद रखने, लायक जगह मिली। विचार बना कि अपने दोनों सामानों पर बैठे-बैठे रात काट दी जाएगी। अमित को सामान पर बैठाकर, हम दोनों चाय की लाइन में लग गये थे। येऽ लम्बी लाइन थी, दूध खत्म हो गया था। चाय मिली वह भी बिना दूध वाली, वो भी पाँच रुपये की एक। फिर भी चाय पीकर कुछ राहत सी लगी थी। अब हमें खाने की थाली के लिए लाइन में लगना था। लाइन चाय की लाइन से दुगनी लम्बी थी। नम्बर आने तक पता चला, कि चावल खत्म हो गया है। यह सोचकर सन्तोष कर रहे थे, कि दो थालियों में, तीन जने काम चला लेंगे। रात के करीब सवा ग्यारह बज रहे थे। हम थालियाँ (पैक्ड) लेकर लौट रहे थे, तभी सामान वाली ट्रॉली पर एक लाश आ रही थी। दाड़ी-मूँछें खून से लथपथ एकाकार होती हुई, सामने के दाँट टूटे हुए, नीली जींस और सफेद टीशर्ट जो लहू से लाल हो चुके थे, बाल नीचे लटके हुए, चेहरे पर मक्खियों, पैरों से जूते गायब थे, पगड़ी खुली हुई कन्धे पर लटक रही थी। लाश कभी एक सजीले सिख युवक की रही होगी।

हम इस दर्दनाक दृश्य से उबर भी नहीं पाए थे कि पीछे से किसी ने पुकारा, ''जीजा...जीजा जी...।'' गोरा रंग, काली आँखें, मिली हुई भौंहें, करीब पाँच फुट कद का आठ-नौ वर्षीय बालक, फटे कपड़ों, शरीर पर अंग-प्रत्यंग पर लगी चोटों-खरोंचों के साथ, एक दीन-हीन दृष्टि से मुणे देख रहा था। यहाँ जीजा कहने वाला कौन आ गया, संशयग्रस्त था, मन। तभी उसने बिखरे हुए बालो को एक ओर सरका कर चेहरा मेरी ओर किया। ''मैं कुलदीप, वीरू के बर्थ-डे में आया था। फिर अकस्मात डर से उसकी आँखें फैल गयी थीं, ''बो फेर आवोगे...मम्मी पास जाऊँगा...मम्मी पास...। मैंनू बचा लो जीजा...मैंनू...।'' और वह जोर-जोर से रो रहा था।

लड़का बदतर हालत में था, फिर भी पहचान में आ रहा था। यह मेरे छोटे साले साहब वीरेन्द्र उर्फ वीरू का दोस्त व पड़ोसी था। लड़का बहुत शैतान व बातूनी था। शोले के गब्बर सिंह की 'कितने आदमी थे' की अच्छी चटपटी मिमिक्री की थी, उसने। उसे थोड़ा सहज करने के उद्देश्य से, मैंने उसे पुचकारा था, पिछली याद दिलाते हुए गब्बर सिंह की ही तर्ज पर उससे पूछा था, ''अरे ओ साँभा, कितने आदमी थे?'' इस प्रश्न पर वह रोना भूल गया, आँखें भय से फैल गयी, ''बो फेर आवोंगे, बो फेर...। मम्मी पास जाऊँगा, बेबे पास जाऊँगा। मैंनू बचा ले जीजा।'' कहकर मेरे पैरों से लिपट कर रोने लगा था।

दंगाई तो पशु होते हैं, आजकल वह सिखों के पीछे हैं। हवन करने में कहीं अपने हाथ न जल जाएँ। इसे घर पहुँचाने में, कहीं मैं भी किसी हिंसक भीड़ का शिकार न हो जाऊँ। मैं संशयग्रस्त था। दीदी के बच्चे छोटे व शैतान थे, सो वह एक

छोटा किट बॉक्स रखती थी, जिसमें पट्टी, रुई, छोटी कैंची, टेप और एक ऐंटीसेप्टिक मल्हम रखती थी। ''दीदी इसकी चोटों पर जरा थोड़ा सा मल्हम लगा देना। मैं भी इसके लिए एक थाली लेकर आता हूँ।''

पैक्ट थाली लेकर लौटा तो, सामान गाड़ी पर एक और सिख की लाश जा रही थी। तहमद पहने अधेड़ उम्र का, खिचड़ी हो रहे सिर और दाड़ी के बाल लहू से सने हुए, एकाकार होते हुए, एक पैर में जूती, पगड़ी खुली हुई, पेट तक लटक रही थी, और चेहरे पर मक्खियाँ भिनभिना रही थीं। लौट कर आया तो वह उनींदा सा था। उसके शरीर पर आठ-दस जगह मल्हम लगा था। मुझे देखकर भयभीत हो कहने लगा था, ''जीजाउ बो फेर आवोंगे।'' मैंने पूछा कौन आवेगा? तो बोला, ''डाकू गब्बर पापा को मारा ऊपर से नीचे फेंक दिया। मम्मी पास जाऊँगा...बेबे पास जाऊँगा।''

वह दीदी में अपनी माँ ढूँढ़ रहा था, ''पुत्तर इत्थे कोई नहीं आवेगा फिकर ना कर। अब तू खाना खा ले, और देख भइया सोया है, तू भी खाना खा के सो जा।'' तो फिर चार जनों का, तीन थाली से पेट भर लिया था। खाने के बाद वह बैठा-बैठा ऊँघने लगा था। दीदी ने कहा देख भइया, जमाना खराब है किसी के फटे में कोई टाँग नहीं अड़ाता। लेकिन अब तूने हाँ कर दी है, तो पहले इसे इसके घर पहुँचा दे। और हाँ छोटी कैंची मेरी किट में है, इसका हुलिया बदल दें। कोई पूछे तो बोल देना कि मनोज नाम है, इसका।'' दीदी ने चादर तान कर ओट कर दी थी, अधिकतर लोग ऊँघ रहे थे। सच्चे बादशाह से माफी माँगते हुए, मैंने गुरुदीप को मनोज बना दिया था।

आखिर थके-हारे गुरुदीप ने दीदी में अपनी माँ ढूँढ़ ली थी। वह बैठी ऊँघ रही थीं, बाईं जाँघ पर भांजा अमित तो दाईं जाँघ पर सरदार गुरुदीप सिंह सिर टिकाए साधिकार सो रहे थे। मैं सोच रहा था, हर युवती में एक माँ छिपी होती है, बाप के मुकाबले एक माँ का दिल ज्यादा बड़ा होता है। मुहब्बत से, ममता से लबरेज। मल्हम लगने से शायद गुरुदीप को राहत मिली थी। दीदी ने उसे एक पेन किलर गोली भी दे दी थी।

पीछे एक सरदार जी बुजुर्ग थे, कद छह फुट से अधिक था, शरीर जगह-जगह से चुटैल था। उनके पैर मेरे नितम्बों को छू रहे थे। ज्यादातर लोग बैठे-बैठे ऊँघ रहे थे। किसी बुजुर्ग मुसीबतजदा को सोते से जगाना पाप है, यह सोचकर, मैं ही आगे खिसक गया था। दायीं ओर एक बूढ़ी महिला बेचैनी से बड़बड़ा रही थी। दोनों हाथ उठाकर किसी को कोस रही थी, बाल बिखरे हुए, आँखें लाल अँगारों जैसी, पंजाबी में, 'खसमानुखाने और मरजाणे' जैसे शब्द ही समझ में आ रहे थे। बाईं ओर बिखरे बालों वाली, एक गोरी चिट्टी युवती, अपनी लाल कुर्ती उघाड़कर अपने लाल को बिन्दास स्तनपान करा रही थी। बच्चा तन्दुरुस्त था, माँ के बड़े-बड़े स्तनों में से एक को पी रहा था, दूसरे से खेल रहा था। विचार जनमा, इस समय वह

किसी सम्राट या शहंशाह से कम है, क्या? विचार यह भी आया कि पंजाब में बड़े पुत्र को गुरु अर्पण कर, सिख बना दिया जाता था। अब भी सिखों और हिन्दुओं में रोटी और बेटी का सम्बन्ध है। स्वप्न में भी कोई सोच सकता था, कि हिन्दू, सिक्खों के खून के प्यासे हो जाएँगे। बहुत बड़ी साजिश है, जिसने अनहोनी को होनी बना दिया। कहते हैं, गुरु ग्रन्थ साहब में लगभग सवा सौ बार हरि और हर शब्दों का प्रयोग हुआ है।

रात डेढ़ बजे स्टेशन के प्रसारण केन्द्र से घोषणा हुई, ''यात्रीगण कृपया ध्यान दें। हमें सूचना प्राप्त हुई है, कि स्टेशन की पानी की टंकी में किसी ने जहर मिला दिया है। पानी के परीक्षण की व्यवस्था की जा रही है। आपसे अनुरोध है, कि जब तक पानी पीने योग्य घोषित न हो जाए, तब तक यहाँ के पानी का प्रयोग न करें। कृपया हमारी अगली घोषणा की प्रतीक्षा करें।''

एक अनजाने से भय का कोहरा छा गया था। जो पानी में जहर घोल सकते हैं, वह वातावरण में भी जहर घोल सकते हैं। क्या पता किसी प्लेटफार्म या प्रतीक्षालय में कोई बम फूट पड़े। वह बम तथाकथित इस्लामिक भले हो, लेकिन बख्शेगा न हिन्दू को, न मुसलमान को। मैं बैठा सोच रहा था कि हमारे साम्राज्य का एक छोटा सा तबका है, जो इस अवसर की तलाश में रहता है, किसी बहाने लोगों की भावनाओं में पैट्रोल डाल कर, उन्हें भड़का कर, अफरा-तफरी की स्थिति बने, तो कुछ दुकान और घर लूटने को मिले, सड़कों केा रक्त से नहलाया जा सके, किस बहाने से ही सही, औरतों का बलात्कार करने को मिले। ऐसे लोग प्रायः मुखौटे लगा लेते हैं, कभी हिन्दुत्व का, तो कभी इस्लाम का, आज वह इन्दिरा प्रेमी व देशप्रेमी का मुखौटा लगाए हैं।

पानी में जहर की घोषणा के समय प्यास नहीं लग रही थी। आज तो नवम्बर का पहला दिन था, पेट भरा था, सुबह होने को थी, फिर भी धीरे-धीरे ऐसा प्रतीत होने लगा, जैसे प्यास लग रही है। पास बैठी दीदी ने अपनी बोतल से शायद तीन घूँट पानी पिया था। मैंने भी उनसे लेकर, तीन-चार घूँट पानी पिया था। बोतल एक चौथाई बच गयी थी, वर्जना में भी अजब शक्ति होती है। वह प्यास हमसे यही कह रही थी। मेरे पास थोड़ी भुनी सौंफ थी, वह खाई। दीदी को भी दी। थोड़ी देर बाद दीदी के पास से, दो टॉफी लेकर, हम दोनों ने, एक-एक टॉफी खाई। गले में जैसे कैक्टस उग आया था, रेगिस्तान की प्यास थी, जिसका कोई ओर-छोर नहीं था। लाल कुर्ती वाली युवती दीदी से पूद रही थी, ''पाण्णी हैगा भैंड जी?'' दीदी ने खाली बोतल दिखला दी थी। युवती लाल कुर्ती उघाड़ कर बच्चे को फिर स्तनपान कराने लगी थी, शायद वह चाहती थी, कि इस कठिन घड़ी में बच्चा रोए नहीं, सोता रहे।

करीब साढे चार बजे प्रसारण तन्त्र से घोषणा हुई, ''यात्रीगण कृपया ध्यान दें। स्टेशन के पानी का परीक्षण हो चुका है। पानी पीने योग्य है। आप पानी का प्रयोग कर सकते हैं। यात्रियों की असुविधा के लिए हमें खेद है।'' अमित और गुरदीप जग इस दौरान गहरी नींद में सोते रहे। घोषणा के बाद हुए शोर-शराबे से गुरदीप जग गया था, ''जीजा बो फेर आवेंगे। जीजा, मम्मी पास जाना, बेबे पास जाना है।'' ''सो जा पुत्तर कोई नहीं आचेगा।'' दीदी ने कहा और वह सो गया। फिर पहला काम मैंने यह किया, कि दीदी की पानी की बोतल भरी। रेलवे के नल पर नवम्बर की पहली तारीख की सुबह खासी भीड़ थी। मुझे पहली बार अनुभव हुआ कि वर्जना में कितनी शक्ति है।

सुबह करीब सात बजे गुरदीप उठा, तो सिर पर हाथ फिर कर मेरी ओर प्रश्नवाचक दृष्टि की। मैंने हौले से उसके कान में कहा, ''तेरी हिफाजत वास्ते, तेरे केश काट डाले, और कड़ा मेरे बैग में है। घर के रास्ते में तेरा नाम, मनोज शर्मा है, याद रखना।''

दिल्ली-बिजनौर के रास्ते में भी दो जगह भीड़ ने बस रोकी परन्तु पहले जैसी आक्रामकता नहीं थी। शायद पुलिस सक्रिय हो चुकी थी। फिर गुरदीप का हुलिया बदला होने के कारण, वह सब प्रकार से सुरक्षित रहा। हाँ जब दो बार भीड़ घुसी तो जरूर उसने मेरे हाथ जकड़ लिए थे। गुरुदीप घर पहुँच कर माँ से लिपट कर रोता रहा। रोना थमा, तो उसने कहा, ''मम्मी बो फेर आवाँगे। मम्मी...पापा को उन्होंने मारा...मार के गाड़ी के नीचे फेंक दिया। वो डाकू...वो मम्मी...वो कै रए थे, कि तुमने इन्दिरा को मारा...। मम्मी, पापा तो मेरे नाल अमृतसर गये थे, उन्होंने इन्दिरा को कब मारा? मम्मी...मैं सीट के नीचे छुप गया सी...। फिर गुरदीप बेबे बेबे से लिपटकर (दादी) लिपट गया ''बेबे...पापा को...।'' और वह रोता रहा। मैंने बेबे से अपने गुनाह की माफी माँगी, ''बेबे इसकी हिफाजत के वास्ते, केश काटने पड़े, ये इसका कड़ा है।'' कोई गल नहीं पुत्तर...तेरा शुक्रिया जिउँदा रह पुत्तर...।''

गुरदीप के दादा गुरुदयाल सिंह अपने बेटे की लाश की शिनाख्त के लिए जा रहे थे। दरअसल, लाश की जेब से दुकान का एक वाउचर मिला था। गुमसुम थे, आँखों के आँसू सूख गये थे। बाप के कन्धे पर बेटे का ज़नाज़ा, दुनिया का सबसे भारी बोझ होता है, शायद उस बोझ को उठाने की ताकत जुटा रहे थे। थोड़ी देर गुरदीप को भी सीने से लगाए खड़े रहे। मेरे कन्धे पर हाथ रखा, कुछ बोले नहीं। उनके छोटे भाई गुरुनाम सिंह ने मुझसे तीन सवाल किए थे, जो मुझे आज भी याद हैं। पहला—एक सिख ने गुनाह किया, तो क्या सजा हर सिख को दोगे? दूसरा—तुम्हारे गाँधी को एक ब्राह्मण ने मारा, तो कितने ब्राह्मण मारे तुमने? तीसरा—ये भिंडरवाले किसका पुत्तर था?

बड़े—भइया उर्फ सेन्टीमेंटल फूल

एक थे, बड़े भइया, माफ कीजिए एक है, बड़े भइया। कद 5'-6'', चौड़े कन्धे, कसरती शरीर, गोरा रंग। पन्द्रह वर्ष की आयु से सुबह के व्यायाम के व्यसनी। अभिरुचियाँ-साहित्य, संगीत, व्यायाम। नाम—राजेन्द्र कुमार चतुर्वेदी...। पिता प्रान्तीय प्रशासनिक सेवा के अधिकारी। घर में दो-तीन चतुर्थ श्रेणी कर्मचारी (चपरासी) बने ही रहते थे। छोटे भाई उनके दोस्त भी उन्हें इसी नाम से पुकारते, हाँ राजेन्द्र के कार्यालय में लोग जरूर उसे आर.के. नाम से पुकारते थे। दो छोटे भाई थे मँझला, सुरेन्द्र और छोटा—देवेन्द्र। घर में सबसे छोटा—देवेन्द्र सभी का लाडला था, उससे बड़ी एक बहन—प्रभा और इन सबसे बड़ी—ममता।

बहनों की शादियाँ हो चुकी थीं, वह अपनी-अपनी गृहस्थी में मगन थीं। बड़े भइया ने अपनी दोनों बेटियों को बी.टेक कराकर उनकर शादियाँ निबटा दी थीं। उनकी दोनों बेटियाँ भी खुशहाल थीं। सेवा निवृत्ति के बाद, बड़े भइया, अपने पुश्तैनी मकान में रहने आ गये थे। यह कहानी, मैं यही से शुरू कर रहा हूँ।

आजकल बड़े भइया इस बात को लेकर दुखी रहा करते हैं, कि उनके भाई-बहन उन्हें झूठा, स्वार्थी व चालाक समझते हैं। जब तक देवेन्द्र अविवाहित था, तब तक उन पर यहीं इल्जाम था, कि बड़े भइया तो 'जोरू के गुलाम' हैं। जैसा भाभी कह दें, वहीं फाइनल। दरअसल, उनके घर में व्याप्त, इस 'राजनैतिक दंगल' के जन्मदाता थे, उनके जीजा, श्री आनन्द मोहन शर्मा। पिता की तुलना में वह आर्थिक रूप से कमजोर था, तृतीय श्रेणी कर्मचारी मात्र था। यदि उसने कुछ अच्छा कर दिया, तो कह दिया, ''अरे, वह तो एफ.सी.आई. में नौकरी करता है, हराम का पैसा बहुत है।'' यदि कुछ कमी रह गयरी तो, ''देखा, कितना स्वार्थी है, चालाक है। देखना सब हड़प लेगा।''

कभी-कभी यह भी कह देते, वह तो सीधा सादा है, पत्नी बहुत चंट है, वही उसे बहकाती रहती है। यद्यपि वह अब इस असार संसार से विदा हो चुके हैं, परन्तु उनकी पिलाई घुट्टी, उनके बच्चों और राजेन्द्र के भाई-बहनों में अब तक जिन्दा

है। दरअसल, वह आनन्द की तरह न मायके वालों के सामने पत्नी का अपमान करता, न शराब पी कर घर-बाहर कलह करता। वह स्त्री जाति का सम्मान करने का प्रयास करता, उन्हें बराबरी का दर्जा देने का प्रयास करता। तभी तो दो बेटियों पर ही उसने जीवन सुखमय बनाया था। पिता की तुलना में उसे माँ अधिक भाती थी। तनखा माँ के हाथ देकर, 'तू जाने तेरा काम जाने' कह पिता घर से विरक्त हो जाते थे।

पिता की तरह, राजेन्द्र के भी स्थानान्तरण होते रहते थे। पिता की अलीगढ़ पोस्टिंग हुई, तो उसने भी अलीगढ़ ही ट्रांसफर करा लिया। सोचा था, सब भाई, बहिन, माँ-बाप साथ-साथ ही रहेंगे। परन्तु मात्र चौदह वर्षों में ही पूर्ण स्वप्न-भंग हो गया। जब वह अपनी चार कुर्सियाँ, एक मेज, दो बक्से, दो अटैचियाँ, एक डबल बैड, दो फोल्डिंग, एक स्कूटर, एक मिनी ट्रक में लदवाकर, बरेली के लिए रवाला हुआ था, तो वह हारा हुआ सिपाही था। रात में दो घंटे मिली ट्रक लदा, लेकिन देवेन्द्र अपने पलँग से उठ कर नहीं आया, न ही सुबह उसे विदा करते समय।

राजेन्द्र बरेली, हल्द्वानी, रुद्रपुर लगभग, अठारह वर्षों सेवारत रहा। पति-पत्नी और उसकी गंगा-यमुना सी दोनों बेटियाँ, उसके घर में कलह की कोई जगह नहीं थी। उसका घर वाकई 'घर' था। तीन हजार से लेकर छह हजार प्रति माह किराया दिया। तब चार-पाँच लाख के एम.आई.जी. मिल जाते थे। तीन-चार हजार रुपये महीने की किस्त में ही एक एम.आई.जी. अपना हो जाता। परन्तु अपनों के बीच रहने की इच्छा अभी मरी नहीं थी। अलग रहकर देवेन्द्र को बड़े भइया और भाभी फिर अच्छे लगने लगे थे। सेवानिवृत्ति के समय आर.के. के एक साथी ने कहा था, ''जा तो रहे हो यार, लेकिन रिटायरमेंट के बाद तुम्हें भाईयों का वही प्यार नहीं मिलने वाला।'' हुआ भी वही, छोटे भाई को जो चार हजार रुपया महीना किराया, अपने पोर्शन का दिया करता था, उसमें 'वह अब स्वयं' रहने लगा था। शायद बड़े भइया के भाग्य में एक और स्वप्न भंग लिखा था।

एक वर्ष तक रसोई साझा चली, फिर दिक्कत यह आई कि वह पति-पत्नी दोनों डायबेटिक, परहेजी खाना खाते, परन्तु देवेन्द्र के परिवार में 'पूडी-पराँठे', आलू, चावल जैसे भोजन की अधिकता थी, फिर देवेन्द्र की पत्नी भी बार-बार जाहिर करती कि सब काम उसी के सिर पड़ रहा है। बहरहाल, रसोई अलग करने पर, देवेन्द्र बहुत नाराज हुआ था।

हाँ तो...आज कल बड़े भइया, हैरान, परेशान हैं। उनके भाई-बहन उन्हें संसार का 'सबसे घटिया भाई' और उसकी पत्नी...संसार की 'सबसे घटिया भाभी' है। यहाँ तक कि उसकी बेटियाँ, जिन्हें उसने अच्छे संस्कार दिए हैं, शिक्षित किया, हीरे जैसा तराशा था, उनकी भी बुराइयाँ होती हैं। यद्यपि उनके भाईयों की पत्नियों

या सन्तानों की आलोचना कोई करे, तो उन्हें बहुत बुरा लगता था।

बड़े भइया प्राय: सोचते, 'जिनके विषय में कभी बुरा सोचा तक नहीं, सच्चे दिल से प्यार किया, वही तुझसे घृणा करते हैं। धिक्कार है, तेरे जीवन को। इसी कुंठा में एक दिन मरणोपरान्त देहदान' का फार्म ले आए, मैडीकल कॉलेज से, साथ में घोषणा पत्र भी। फार्म में पत्नी के हस्ताक्षर होते थे, जब साक्षी के सामने रखा, तो वह रोने लगी, बोली, कि वह भी देहदान करेगी। सोचा था, उन्होंने कि बाद मरने के ही सही, लोग उन्हें 'अच्छा' समझेंगे, परोपकारी व सज्जन समझेंगे। साक्षी ने मुकदमा, गुरुजी के सामने रख दिया। गुरुजी ने व्यवस्था दी, ''यदि कोई दान किसी कुंठा, या आवेगवश किया जाए तो फलीभूत नहीं होता।'' बात तो टल गयी, परन्तु अंगदान की इच्छा अब भी उसके दिल में जिन्दा है। देखिए, सफल होते हैं या नहीं।

कभी अपने को कुंठा की खाई से उबारने का प्रयास करते। 'देख भाई-बहन, माता-पिता, नाते-रिश्ते तो ऐसे हैं नहीं, कि बाजार गये, और दूसरा भाई ले आए। भइये, 'व्हाट कैन नाट वी क्योर्ड, मस्ट बी एंडयोर्ड', जो लाइलाज हो, उसे सहना ही पड़ता है, अब चाहे रोकर सही, या हँस कर।

किस्सा पाँच रुपये का—यह 'उप किस्सा' भी लगभग तीस वर्ष पुराना है। बहनों की शादियाँ हो चुकी थीं, वह अपनी गृहस्थी में मस्त थीं। मँझला सुरेन्द्र तब नाइजीरिया गया हुआ था। उसकी पत्नी, रमा, माँ बनने वाली थी। नर्सिंगहोम पहुँचाया, तो लेडी-डॉक्टर ने कहा, कि शिशु उल्टा फँसा है, जच्चा-बच्चा दोनों को खतरा है, तुरन्त मैडीकल ले जाइए। उस समय रमा का छोटा भाई लोकेश भी वहीं था। उसने लोकेश को बताया कि लेडी डाक्टर ने जवाब दे दिया है, केस सीरियस है, हम रमा को मेडीकल ले जा रहे हैं। मैं टैक्सी लाने जा रहा हूँ, तुम घर पर बता देना।

टैक्सी की आगे वाली सीट पर बैठे, बड़े भइया सोच रहे थे, ''हे भगवान इस होने वाली सन्तान का पिता विदेश में है। केस बिगड़ गया, तो बदनामी मेरी होगी। हे प्रभु, हे राम जी, लाज रखना।'' वह सोच ही रहे थे, कि मानो प्रार्थना सुन ली गयी। बच्चियों के ट्यूटर, अहमद साहब, 'खुदाई-मददगार' बने, अपनी साइकिल पर जाते दिखे। टैक्सी रुकवा कर, उन्हें सारी समस्या बताई, तो बोले, ''आप मैडीकल चलिए, यूनिवर्सिटी स्टूडेंट होने के नाते, मेरी जान पहचान है। मैं साथ चल रहा हूँ।''

मेडीकल मे इमरजेंसी में दाखिला मिला। पहले फार्म पर हस्ताक्षर कराए गये कि जच्चा-बच्चा दोनों खतरे में हैं, किसकी जान पहले बचाना चाहोगे? उन्होंने बेहिचक माँ का नाम लिख दिया, कि माँ सलामत, तो सन्तान दूसरी आ जाएगी।

रात-भर भागदौड़ रही। नर्स उसे पर्चा पकड़ा जाती, वह दौड़ता जाता और दवाइयों का पौलीथीन उसे थमा देता। बाकी समय वह और माँ प्रभू का नाम जपते रहे, प्रार्थना करते रहे।

सुबह चार बजे लगभग, रमा को कन्या हुई। कन्या बारह घंटे आई.सी.यू. में रही, परन्तु सब कुछ सकुशल रहा, बड़े भइया और माँ ने ईश्वर को बहुत-बहुत धन्यवाद दिया। आश्चर्य कि रमा की माँ, और बड़ा भाई सात दिन बाद आए। उसी दिन रमा रिलीव होने जा रही थी। और छोटा भाई लोकेश दसवें दिन आया, पूछा कि दीदी कैसी है? वह झुँझलाए, "तू अब आया है् कैसा भाई है तू?"

आश्चर्य, कि रमा को अपने मायके वालों पर ही अधिक विश्वास रहा। सुरेन्द्र करीब एक वर्ष बाद स्वदेश आया। उसने कहा, "भइया, आपने सब अच्छी तरह सँभाल लिया, धन्यवाद। आपका जो कुछ खर्च हुआ है, पर्चे पर लिख दीजिएगा।" राजेन्द्र उस समय तक लगभग तीस कहानियाँ, सत्तर लघुकथाएँ लिख चुका था। एक तो, चाहे जहाँ चश्मा, पैन, पर्स वगैरह भूलने वाला, वह भुलक्कड़ शख्स, ऊपर से लेखक करेला फिर नीम चढ़ा। पर्चा बनाते समय उसे स्कूटर स्टैंड का किराया, पाँच रुपया तो याद रहा, साढ़े सात सौ का एक पर्चा भूल गया।

बात रमा ने खूब उछाली, फिर जीजा श्री ने भरपूर उछाली। "देखा पाँच रुपये,...पाँच रुपये तक नहीं छोड़े। कितना स्वार्थी है, तुम्हारा बड़ा भइया।" तब से दोनों भाइयों पर हजारों खर्च कर दिए होंगे। वह पाँच रुपये 'दुर्भावना की पुड़िया' में लपेटने से तमाम नेकियों पर भारी रहे। एक पलड़े में हजारों रुपये, दूसरे में पुड़िया में बँधे पाँच रुपये भारी रहे।

एक आधा जुमला, अर्थात् अर्थ का अनर्थ—हुआ यह, कि घर का सबका लाडला, सबसे छोटा बेटा, देवेनद्र, यह आश्वस्त था, कि उसका 'अफसर पिता' उसके लिए इतना छोड़ जाएगा, कि वह जीवन भर, "पंछी करे न चाकरी, अजगर करै न काम" करेगा। न नौकरी ना कोई धन्धा, बस आराम से बैठ कर खाएगा। बमुश्किल बी.ए. थर्ड दिवीजन पास करके, पढ़ाई छोड़ दी। दिन भर तख्त पर लेटे-लेटे फिल्मी गीत,गज़लें सुनना, या मन करे तो क्रिकेट खेलना, दोस्तों के साथ मस्ती करना। अरे भाई मेरे, यदि गायक बनना है, तो क्लासिकल सीखना पड़ता है, उसके लिए गला सुरीला होना चाहिए, जो ईश्चर ने तुम्हें प्रदान नहीं किया है। माँ दिन-रात परेशान रहतीं, कि क्या करेगा, ये लड़का? कैसे कटेगी, इसकी जिन्दगी? प्राय: कह देती, "हमारी आँखें मिच गयीं, तो क्या करेगा? भाइयों के भरोसे मत रहियो। आजकल इस महँगाई में, ये खुद को सँभाल लें, यही बहुत है। अरे, अपने पैरों पर खड़ा होना सीख ले।"

आफिस से लौटता तो माँ-बाप, उसकी हरकतों की रिपोर्ट सुनाते। कहते,

"भइया हमारी तो सुनता नहीं, तुम्हारी शायद मान ले। वह समझाता, डाँटता, कभी मार तक बैठता। परन्तु देवेन्द्र अटल था। वह सोचता, दिन भर उपदेश देते रहते हैं। मेरा क्या किया है, इन्होंने? सब खर्च तो पापा सँभालते हैं। फिर इन्हें क्या हक है, मुझे कुछ कहने का?"

हाँ, तो जो वाक्य उसे सावधान करने को माँ कहती थी, उसी के एक अंश को देवेन्द्र 'भाई निन्दा' के सन्दर्भ में आज भी याद करता है। आजकल आपको अधिकांश लोग, ऐसे मिल जाएँगे, जो अपने मतलब भर का सुनते हैं। ऐसे 'आँशिक बहरे' प्राय: हर शब्द के मन चाहेअर्थ निकाल लेते हैं। "भाइयों के भरोसे मत रहना, कोई भाई किसी का नहीं होता।" माँ भी कहती थीं। यह बात बड़े भइया नामक लिफाफे पर 'स्टेम्प' की तरह कई बार चिपका चुका था। देवेन्द्र भी ऐसे लोगों में था, यदि उनके माध्यम से कुछ 'अच्छा' हुआ, तो मैंने किया, मैंने। यदि कुछ 'बुरा' हुआ, तो फलाने ने किया, ढिकाने ने किया, किस्मत ने किया, तुम्हारे भगवान जी ने किया। बहरहाल, मुझसे तो कोई भूलचूक हो ही नहीं सकती।

एक और अधूरा वाक्य (अर्धसत्य)—पति पत्नी की वार्तालाप का एक अंश सुनकर, आप किसी पर कुछ भी आरोप लगा देते हैं। देवेन्द्र का पढ़ने में जी नहीं लगता था। परीक्षा सिर पर होती, तो थोड़ा बहुत पढ़कर, परीक्षा पास कर लेना, रायल डिवीजन से ही सन्तुष्ट हो जाना। हाँ, क्रिकेट का अच्छा खिलाड़ी रहा। यूनिवर्सिटी टीम में भी रहा था। कुछ छुटपुट धन्धे करने के बाद, वह एक स्कूल में स्पोर्ट्स टीचर लगा था। वह काफी समय से एक क्रिकेट-अकादमी भी चला रहा था। उसका चौदह वर्षीय बेटा विकास भी अच्छा खिलाड़ी था। बड़े भइया के बड़े दामाद लखनऊ थे। उनके एक मित्र थे, अवध नारायण मिश्रा जो प्रान्त की क्रिकेट, हॉकी आदि टीमों के चयनकर्ता थे। बड़े भइया आकाश के साथ, पहले ही मिश्रा जी से मिल चुके थे। उन्होंने दो हिंट दिए थे, कि खिलाड़ी उनसे मिलता-जुलता रहे, और स्पोर्ट्स कॉलेज में दाखिला दिला दें, तो चयन आसान रहेगा।

बड़े भइया के लखनऊ वाले समधी बीमार चल रहे थे, उनसे मिलने को लखनऊ आना थ। साक्षी ने विकास को भेजने के लिए देवरानी से पूछा था। उसने परीक्षा पास होने के कारण भेजने को मना कर दिया था। लखनऊ जाने को तैयार हो रहे थे, बड़े भइया। विकास को साथ ले चलने की चर्चा चली तो साक्षी ने कहा, कि वह नहीं जाएगा। उसकी बात हो गयी है। बाहर खड़े देवेन्द्र ने "वह नहीं जाएगा" शब्द सुने। उससे ही उसने यह आरोप लगा दिया, कि भाभी नहीं चाहतीं, कि विकास का सलैक्शन हो। फिर न तो विकास को लेकर मिश्राजी से कोई मिला, न ही उसका स्पोर्ट्र्स कॉलेज में दाखिला हुआ। देवेन्द्र ने चयन न होने का सारा दोष, बड़े भइया और भाभी पर मढ़ दिया। यह जानने का प्रयास भी नहीं किया, कि

लखनऊ वाले समधियाने में बड़े भइया लड़की वाले थे, और वहाँ मनचाहा कुछ भी नहीं करा सकते थे, और इस मामले में तो देवेन्द्र की तरफ से तो कोई प्रयास ही नहीं हुआ था। 'बड़ी भाभी' के 'रेड़ीकरण अभियान' के अन्तर्गत छोटे और मँझले के परिवारों के बीच, यह आरोप चल पड़ा कि भइया तो भतीजे भतीजियों के लिए कुछ करना चाहते हैं। परन्तु भाभी के आगे बेबस हैं। नानी कहा करती थीं, ''बच्चा जाने हिया, बड़ा जाने किया।'' लाख टके की बात थी, यह।

भइया के मन की बात—बड़े भइया अपनी बेटियों को सप्ताह में एक बार प्रवचन जरूर देते थे, उनसे उनकी कठिनाइयाँ भी पूछते थे। एक दिन वह भतीजी ईशा और भतीजे विकास को भी वही सन्देश देने लगे, जो वह अपनी बेटियों को देते थे। जिससे प्रेरित होकर दोनों बेटियाँ नब्बे प्रतिशत के आस-पास अंक के साथ बी-टेक कर गयी। एक बेटी तो भारत सरकार की क्लास वन सेवा में है। वही शब्द—''देखो बच्चो, तुम्हारा यह समय अमूल्य है, तुम्हें कुछ बन कर दिखाना है। बच्चा अपने परिश्रम से बनाता है, पिता की धन-दौलत से नहीं। बच्चों को जरूरत से ज्यादा सुविधा मिलने पर, बच्चे आलसी वह कमजोर हो जाते हैं। तुम अपना भाग्य अपने परिश्रम से बनाओ।...।'' परन्तु देवेन्द्र ने इन प्रेरणास्पद बातों का भी बतंगड़ बना दिया, ''आपके कहने का मतलब है, कि मेरे बच्चे अनपढ़ रह जाएँगे। आपका मतलब है कि मेरे बच्चे भीख माँगेंगे।''

बड़े भइया सन्न रह गये। 'भीख' शब्द तो उनकी 'डिक्शनरी' में था, ही नहीं। सुबह का डेढ दो घंटा, वह सेहत के नाम किए हुए थे। बीमारी, गमी, विवाह किसी दिन सुबह का रोटीन मिस नहीं करते थे। नौकरी के साथ जमकर साहित्य सेवा की थी। उसके बाद उन्होंने स्वयं को कछुए सा सिकोड़ लिया था। कम बोलकर अपनी इज्जत बचाना सीख लिया था। देवेन्द्र से बच्चों से, सीमित बात-चीत। दरअसल, मँझला तो अन्तर्मुखी था, ऊपर से हँसता रहता, लेकिन जो कुछ उसे बुरा लगता, उसे दिल में रख लेता। उसने जीवन भर 'सेफ डिस्टेंस' रखा भइया से, कछुए की चाल चलता रहा है। वैसे भी वह साथ नहीं रहा, नाना के घर में रहा है। देवेन्द्र ट्रांसपेरेंट है, जो महसूस करता था, चेहरे पर आ जाता था। यद्यपि दोनो की दृष्टि में बड़े भइया 'फेल' थे। देवेन्द्र ही उनकी 'लास्ट होप' था।

दरअसल, हर व्यक्ति में गुण, अवगुण दोनों होते हैं। यदि आप अविश्वास व घृणा की दृष्टि से देखें तो अवगुण फैलकर, फूलकर, गुणों को ढँक रहे, प्रतीत होते हैं।

उनका दुर्भाग्य रहा, कि भाई-बहनों ने उनको प्यार तो किया, परन्तु विश्वास नहीं किया। विश्वास न उनकी बुद्धि पर, न ही उनकी नीयत पर। आजकल भइया, कम बोलकर अपनी इज्जत बचाने लगे हैं। सोचते हैं, ''तुम्हारी अच्छी बात, हितकर

बात के भी गलत अर्थ निकाले जाएँगे। न होगी बात, न बनेगा उसका बतंगड़।'',

कम बोलते हैं, भइया, परन्तु मन ही मन देवेन्दे से बात करते रहते हैं। बेशक आप उन्हें 'सेंटीमेंटल फूल' कह सकते हैं। इस समय वह नींद की खुशामद में लगे हैं, परन्तु कम्बख्त नींद है कि नखरीली नारी सी मान किए बैठी है। नींद नहीं आ रही, क्योंकि वह मन ही मन किसी से बात कर रहे हैं। 'याद है, लगभग तीन साल तक तूने अपनी भाभी से बात नहीं की थी। यद्यपि वह तुझसे बराबर बात कर लेती थी, समय पर नाश्ता खाना, तेरे सामने रख देती थी। मैंने कई बार कारण जानना चाहा, परन्तु तूने कुछ भी बताकर नहीं दिया। तू शायद यही चाहता था, घर में ऐसे ही कलह बनी रहे। सच तो यह है कि तूने मेरी पत्नी के साथ जो व्यवहार किया, वही व्यवहार मैं तेरी पत्नी के साथ नहीं कर सकता। कारण, कि वह मेरी बड़ी बिटिया से ज्यादा से ज्यादा तीन-चार साल बड़ी होगी। पैसे के मामले में माना, में पापा से कमजोर था, परन्तु हाथ-पैरों से तो मैंने सभी भाई-बहनों का किया है। तुझे गोद खिलाया, तेरी टट्टियाँ साफ कीं। अठारह साल छोटा भाई, बेटे बराबर होता है। बात यह है, कि तुझे तो 'हाँ-में-हाँ' मिलाने वाले पसन्द हैं। मेरा तो कहना यह था कि मान लिया कि तेरे भइया-भाभी, माता-पिता सब बहुत बुरे हैं, परन्तु घर में कलह करके, अपना समय क्यों व्यर्थ बरबाद कर रहा है? मनोरंजन तो घंटे-दो-घंटे का होता है। अच्छा, यह बता, क्या तेरे किसी साथी को कभी टोका। तेरे साथ अपनापन था, ममता थी, इसलिए टोका। तूने इसे इस 'शत्रु-भाव' से देखा। आज भी उसी का वैमनस्य है, तेरे दिल में। मेरे साथ ही नहीं, मेरी पत्नी, मेरी बेटियों के प्रति भी वैमनस्य पाल लिया तूने। वैसे सारी नई पीढ़ी और अधिक 'स्वायत्तता' माँग रही है, काश्मीरी अलगाववादियों की तरह। हमारे उपदेश, प्रवचन, सलाह, सब दख्लअन्दाजी हो चुके हैं। 'कम्प्यूटर इंटरनेट युग' में हमारी पीढ़ी ही आउटडेटेड हो चुकी है। जितनी तेजी से युग बदल रहा है, उतनी तेजी से ही हम हो रहे हैं, 'आउटडेटेड।'

इस समय भइया नहा रहे हैं। देवेन्द्र से बोलते हैं तो बातों का बतंगड़ बनता है, नहीं बोलते, तो घुटन बढ़ती है। क्या करें, सेंटीमेंटल फूल, बड़े भइया? नहाते हुए भी देवेन्द्र से मन-ही-मन बतिया रहे हैं। 'देख, मैंने अड़तीस वर्ष एफ.सी.आई. में नौकरी की। कभी अपने किसी साथी से नहीं लड़ा। मैं अपनी एनर्जी साहित्य केलिए बचाकर रखना चाहता था। इसीलिए जहाँ ज्यादा उलझाव, या राजनीति हो गयी वहाँ से ट्रांसफर करा लिया। तुलसी बाबा कह ये, 'हानि लाभ जीवन मरण, यश अपयश विधि हाथ।' मेरे भाग्य में तो अपयश ही था। विभाग में भी लोग मुझे मेरे अवगुणों से जानते थे, अरे और भाई-बहनें भी मेरे अवगुण ही याद करते हैं। यहाँ तक, कि मेरी जीवन संगिनी जो मेरी नजर में एक आदर्श पत्नी/गृहणी है,

तुम्हारी नजर में फेल है। याद रखो, जितनी तुम अपनी भाभी और भतीजियों की निन्दा करते हो, मेरा प्यार उनके प्रति और बढ़ता जाता है। याद रखना, मैंने हमेशा खुद का दिमाग इस्तेमाल किया है। मुझे स्वयं पर विश्वास है। बेटियों को अच्छे संस्कार दिए हैं। वह दोनों अपने माता-पिता पर जान लुटाती हैं। मेरी पत्नी ने जिस प्रकार मेरी कैंसर पीड़ित माँ की सेवा की है, जबकि उस समय, उनकी सन्तान तक उनसे कतरा रही थीं। मेरी पत्नी ने अपने देवरों व ससुर के भी तमाम दुर्व्यवहार चुपचाप सहे हैं। अस्तु मैं उसका बहुत सम्मान करता हूँ, बेहद प्यार करता हूँ। तुम्हें पता है मेरे दिल का सारा रोमांस मेरी जीवन संगिनी ने अधिगृहीत कर लिया है।

आत्मा की आवाज—अमाँ यार, क्या स्यापा पाया हुआ है? देख अपनी खुशी, अपने आनन्द को किसी दूसरे पर निर्भर मत रहने दे। माना कि, तेरा दर्द रिश्तों को टूटने/बिखरने का है, लेकिन घर-घर मिट्टी के चूल्हे हैं, 'नानक दुखिया सब संसार।' तूने तो किसी का बुरा नहीं चाहा, तेरा दिल तो साफ है—

'सुन—'कबिरा तेरी झोंपड़ी गलकटियन के पास।
जैसी करी वैसी भरनी, तू क्यो भया उदास।'
कह—'प्यार में गम, गम में मजा, मैं मजे में हूँ।'

❑❑❑